白《しろ》き花《はな》の姫王《おおきみ》

ヴァジュラの剣《つるぎ》

みなと菫

講談社

白き花の姫王《おおきみ》

ヴァジュラの剣《つるぎ》

もくじ

第三章　嵐《あらし》の果て

装画　平澤朋子
装丁　城所潤（ＪＵＮ　ＫＩＤＯＫＯＲＯ　ＤＥＳＩＧＮ）

第一章

天平《てんぴょう》の花

1　少女

あをによし　奈良の都は
　さく花の　匂《にほ》ふがごとく
　　今さかりなり

天平《てんぴょう》二年。奈良の都の秋空は高く澄《す》みわたっている。

頂上《ちょうじょう》に榊《さかき》の葉をいただき、祭場の四方に立つ高い柱には、あざやかな五色の吹《ふ》き流《なが》しが真っ青な秋天を彩《いろど》り、そよいでいる。

今日は皇宮《こうぐう》、平城宮《へいじょうきゅう》でその年の豊作を神に感謝する新嘗祭《にいなめさい》が行われている。

天皇《すめらみこと》は熱心な仏教徒だが、この新嘗祭は伝統的な神道《しんとう》の行事であり、天皇自らが今年の実りを神前にそなえ、感謝の祝詞《のりと》をささげる。

即位《そくい》前もその後も、疫病《えきびょう》の大流行や大きな政変にみまわれた天皇ではあったが、ようやくこの五年ほどは平和な日々が続くようになり、人々の心も落ちついたものとなっている。

いかめしい神事の後は直会《なおらい》として、宴席《えんせき》が設けられた。ごちそうや酒がふるまわれ、見《み》渡《わた》せば会場の大極殿《だいごくでん》の回廊《かいろう》に席を占《し》めた貴婦人《きふじん》たちの色とりどりの衣裳《いしょう》。官人たちの位に応じた紫《むらさき》や、赤、緑の袍《ほう》（男性の官服）が、まるで花を散らしたようだ。広場にしつらえられた舞台《ぶたい》では、雅楽《ががく》ばかりか芸人たちの滑稽《こっけい》な寸劇《すんげき》や音楽、舞姫《まいひめ》たちの華麗《かれい》な舞に、皆《みな》がやんやの喝采《かっさい》をあびせる。宮殿の広間から庭にまで居流れた采女《うねめ》（官女・侍女《じじょ》）たちが領巾《ひれ》（ショール）をなびかせ、裳《も》（スカート）をひるがえし、きれいに彩色《さいしき》された絹《きぬ》の団扇《うちわ》や、もみじの枝をかざして楽しむさまは美しく、まさに奈良の都の盛《さか》りである。

今日ばかりは無礼講とて、大人たちが笑いながら旨酒《うまざけ》を酌《く》み交《か》わしている間、子どもたちも宮殿の広い庭園での鬼《おに》ごっこやかくれんぼう、大はしゃぎも許された。男の子も女の子も、入《い》り乱《みだ》れて追いかけっこをしている。息をきらして先頭を走っているのは、五歳《さい》ばかりの愛らしい女の子である。あざやかな山吹《やまぶき》色の上衣《うわぎ》に赤の背子《はいし》（ベスト）、浅葱色《あさぎいろ》（水色）の裳を着けた彼女《かのじょ》は元気いっぱいに鬼から逃《に》げている。

「あれ、お姫《ひめ》さまときたら、まあ男の子にまじってあんな……。ああ、もう、せっかく結《ゆ》った髪《かみ》がくしゃくしゃに……ああ新調の衣《ころも》が破れそう。お姫さま！　こちらにおもどりを！」

その子の乳母《うば》らしい婦人があわてて宴席《えんせき》から立ち上がり、子どもの方に駆《か》けていく。

「あのおてんば娘《むすめ》はいったいだれに似たのやら。夫もわたしもいたっておだやかでもの静かな質《たち》だというのに……困《こま》った子」

その場に残った上品な貴婦人《きふじん》は、ゆったりと団扇《うちわ》を使いながら、それでもいとおしそうなまなざしを幼《おさな》い娘に向けていた。

だれもかれもが平安のうちに、気持ちのいい秋の日を楽しんだ一日であった。


やがて夕暮《ゆうぐ》れが近づき宴《うたげ》も果て、客人たちが帰りじたくを始めるころとなった。出迎《でむか》えの家来たちが来て、次々と輿《こし》に乗り家路につく貴人たちで、いっとき宮殿《きゅうでん》の大門、朱雀門《すざくもん》のあたりは混雑している。

と、その人ごみの中から小さな子どもがひとりぬけ出した。

先ほど乳母に連れもどされたおてんば娘である。少女はちょっと頭に手をやって、今日は大人の女のように結い上げた髪が乱《みだ》れていないのを確かめ、晴れ着についた芝草《しばくさ》をパパッと払《はら》った。

山吹色《やまぶきいろ》の上衣《うわぎ》に赤の背子《はいし》、赤と浅葱色《あさぎいろ》のストライプの裳《も》を着け、花をかたどった浅沓《あさぐつ》を履《は》いている。

そして、これもまた子ども用にあつらえた小さな白い領巾《ひれ》を肩《かた》にきちんと羽織《はお》ると、目をキラキラさせて先ほど追いかけっこをした庭を横切り、ひとり宮殿《きゅうでん》の建物目指して駆《か》けもどっていった。

夜の神事のために宮殿に残っている神祇伯《じんぎはく》（宮中の神事、祭祀《さいし》を司《つかさど》る官職の長）である父、灘王《なだのおう》にあいさつをしたかった、というよりも、父に今日の晴れ着をほめてもらいたかったのである。

——だって今日はお父さまにお会いしていないもの。お昼は儀式《ぎしき》のために宴席《えんせき》にもおいでにならなかったし、せっかくおしゃれしたのに、つまんない。

乳母《うば》がごった返す人ごみの中で、「姫さまがいない！」と騒《さわ》ぎはじめたのはその後のことだった。

宮殿の重い扉《とびら》を、力いっぱい、うん、と少しだけ押《お》し開《あ》けて、小さな体をすべりこませる。日のあたらない内部は薄暗《うすぐら》く、ひんやりとしていた。

暗がりで足元がおぼつかないが、しんとしてだれもいない宮殿《きゅうでん》の中を、少女は用心しながらそっと少しずつ奥《おく》へと進む。

むこうの方にぼんやりとした灯火が灯《とも》されているのが神殿だろうか。幾重《いくえ》もの薄い紗《しゃ》のとばりを下ろしてあるので祭壇《さいだん》そのものは見えない。が、人のいる気配はあって、きっと父が夜の神事にそなえて準備をしているのだ、と少女は思った。

「お父さま……」

駆《か》けいろうとした足がはっと止まった。

とばりの奥から人声が、それも大人の男の押《お》し殺《ころ》した罵声《ばせい》が聞こえたからであった。

重なる白い紗の幕《まく》に、明かりが映《うつ》しだす大きな黒い影《かげ》がいくつも妖怪《ようかい》めいて伸《の》び縮《ちぢ》みし、少女は急にこわくなった。

数人の大人が何かを言い争っている。そして、その中に父の声も混じっているのに少女は気づいた。

――……お父さまの声？　……何だかこわい。

少女はすっかりすくみあがって、そばの柱の陰《かげ》にかくれた。

そのとたん、ひときわ大きな怒号《どごう》があがり、どたどたと入《い》り乱《みだ》れる音がしたかと思うと、いきなり目の前のとばりの紗《しゃ》が真っ赤に染《そ》まった。少女の顔にも胸《むね》にも、パッと温かいしぶきがかかった。……血だった。

次《つ》いでとばりの隙間《すきま》から、ぬっと血にまみれた男の手が突《つ》きだされたかと思うと、紗の布をつかみ、引き落としつつ、どう、と床《ゆか》に転がった。白い布が見る見る真っ赤に染まっていき、男はひとしきりうめいていたが、やがて仰《あお》のいて動かなくなった。

それは少女の父、灘王であった。

——お父さま!?

あまりのことに幼《おさな》い少女には、目の前の惨劇《さんげき》が現実のものとも思えずにいた。しかし、とばりをかきわけて、数人の男が血にぬれた刀を手に現れた瞬間《しゅんかん》、少女の全身を恐怖《きょうふ》がつかんだ。

こらえきれず、「わあっ」と悲鳴が口にわきあがってくる。

と、その口を不意に後ろからさし出された手がふさいだ。骨《ほね》ばった若《わか》い男の手だった。

若い男は子どもの口をふさいだまま横抱《よこだ》きにし、後ずさりにその場から離《はな》れると、薄暗《うすぐら》い宮殿《きゅうでん》の中を走り出した。

――いったい何があったの？　お父さまが……？　あれは何だったの？　何だかとてもこわいことが……。

だれかに抱《かか》えられていることは分かったが、それ以上考えることなどできなかった。

「そこに人がいるのか!?」

血ぬれた刀を手に、こと切れた灘王を見下ろしていた首謀者《しゅぼうしゃ》らしい男が、少女のいた柱の方をふり向いた。

「何者であれ、これを見られたからには生かしてはおけぬ！」

賊《ぞく》どもがいっせいに柱に駆《か》けより、布越《ぬのご》しに、えい、と刀を突《つ》き刺《さ》し、びりびりと下まで引《ひ》き裂《さ》いた。

……だれもいない。が、首領の男は、つと手を伸《の》ばし、床《ゆか》から何かを拾いあげた。

殺人者の手には、血のついた小さな白い領巾《ひれ》がにぎられていた。

いきなり外のまぶしい光に目がくらんだ。

どこをどう走ったのか、いつの間にか少女は宮殿《きゅうでん》の建物から庭に連れ出されていたのだった。

けれども夕陽《ゆうひ》に照らされた庭では、貴族《きぞく》たちが別の不穏《ふおん》なざわめきにつつまれていた。

「神祇伯殿《じんぎはくどの》が襲《おそ》われたそうな。いったい何者が?」

「灘王さまが暗殺されただと? なぜ、あんなおだやかな、争いごととは無縁《むえん》なお人が……?」

「衛士《えじ》は何をしているのか。役人はどこか。賊《ぞく》を捕《と》らえよ!」

まだ見知らぬ男に抱《かか》えられたままの少女の目の前を、入れちがいに衛兵の一団が宮殿《きゅうでん》の建物になだれこんでいく。客人の多くはまだ居残っていて、皆声高《みなこわだか》に宮殿を指さして何かを言っている。恐《おそ》ろしげに中をのぞきこんで念仏を唱える者もあった。

しかし、やっと地面に下ろされた少女には、なぜ皆がこんなに騒《さわ》いでいるのかも分からなかった。幼《おさな》い心には、先ほどの出来事が何だったのかさえ、定《さだ》かではなかったのである。

彼女《かのじょ》を運んできた男は、子どもの頬《ほお》についた血をそっと自分の袖《そで》でぬぐってやると、こう耳元でささやいた。

「今見たことはだれにも言ってはならぬ。母にも乳母《うば》にも、ひと言も漏《も》らすな。このことは今をかぎりに忘《わす》れよ」

夕陽《ゆうひ》を背《せ》にした男の顔ははっきりとは見えなかったが、ぼんやりと若《わか》い人の声だ、と思った。

「姫《ひめ》！　どこにいたのですか!?　お父さまがお亡《な》くなりに……！」

真っ青な顔をした母と乳母《うば》が駆《か》けよってきて、少女をかき抱《いだ》いた。ぐったりと母に抱《だ》かれるままに、虚《うつ》ろに見開いた少女の目には、去りゆく男のやせた背中が人ごみにまぎれ、遠ざかっていくのだけが映《うつ》った。

何か言いたそうに少女の唇《くちびる》が開いた。しかし声は出ず、その瞬間《しゅんかん》、目の前が真っ暗になり、世界が彼女《かのじょ》から消えうせた。

それきり意識を失ったのだった。

2 音琴姫王《おとのことのおおきみ》

さわやかな五月の風が大和《やまし》の国奈良の都、平城京《へいじょうきょう》を吹《ふ》きわたっていく。風は都を南北につらぬく朱雀大路《すざくおおじ》の柳《やなぎ》の並木《なみき》をそよがせ、新緑に萌《も》える木々の葉をキラキラと躍《おど》らせた。

その光る風は、宮殿《きゅうでん》の奥深《おくふか》くまでも吹きすぎて、ここ后《きさき》の館でも、厨《くりや》（台所）に立つひとりの采女《うねめ》がまぶしそうに窓《まど》を見上げている。

――なんて美しい日かしら。宮殿の青い甍《いらか》が輝《かがや》いて、壁《かべ》の白に朱塗《しゅぬ》りの柱が映《は》えて……これからはこの都が一番さわやかな季節になるのね。

采女はまたふっさりとしたまつ毛をふせると、ふたたび座《すわ》りなおし、薬湯を煎《せん》じる小さな火鉢《ひばち》に、ゆっくりと団扇《うちわ》で風を送りはじめた。

この十五になる采女の主《あるじ》、天皇《すめらみこと》の正妃《せいひ》は今病気なのである。

袖長《そでなが》の白の上衣《うわぎ》に薄紅色《うすべにいろ》の背子《はいし》、薄縹色《うすはなだいろ》（薄い藍色《あいいろ》）の裳《も》を着け、髪《かみ》はふたつに分けて両耳の後ろで輪にまとめ、後は結《ゆ》い上《あ》げて、やはり双輪《もろわ》の髷《まげ》にしている。清楚《せいそ》な簪《かんざし》をさし、額には花鈿《かでん》といって紅《べに》で小さな花形を描《えが》き、唇《くちびる》の両端《りょうたん》にも小さな点を置く。この時代特有の化粧《けしょう》を施《ほどこ》した顔は、しかしなぜか少しさびしげである。

窓《まど》から見える空は十年前と変わらず青く澄《す》んでいる。その下では館の朋輩《ほうばい》たちが何人か、陽気に笑いさざめいている。

――でも、わたしには縁《えん》のないことだわ。少女は人に聞こえるか聞こえないか、というほどの小声で歌った。

「あしびきの　山鳥の児《こ》は　嘆《なげ》くらむ
　　吾《あ》が言の葉を
　　　誰《た》ぞ隠《かく》ししと」

(山鳥の子は嘆いてくれるだろうか。話すことができないわたしの言葉を、だれがかくしたのかと)

十年前の、あの新嘗祭《にいなめさい》の事件以来、少女は人前では全く話すことができなくなっていたからである。

五歳《さい》だった少女は、あの日のことも父の死も覚えていなかった。少し後で、母からそれと聞かされた時にも何の反応もしなかったし、ひと言も話さなかった。というよりも、以来ずっと少女が言葉を話すことはなかった。

そのこと以外はふつうの子どもであったので、何かの魔物《まもの》が彼女《かのじょ》の口から言葉というものを奪《うば》ったのではないか、と皆《みな》が考えた。

困《こま》りはてた母親は、あらゆる薬師《くすし》に診《み》せ、神仏にも願をたてたが、そのかいもなく娘《むすめ》は黙《もく》したままだった。

そしてまた、父、灘王《なだのおう》は被害者《ひがいしゃ》とはいえ、新嘗祭《にいなめさい》の神前を血で汚《けが》したとして、なんとなく世間は遺族《いぞく》から遠ざかっていった。母娘《おやこ》はひっそりと世を避《さ》けるように暮《く》らした。

人の言葉は聞き分けるのに、なぜかしゃべることのできぬ娘を心配し続けた母親は、少女が十歳になるころにとうとう流行《はや》り病《やまい》で亡《な》くなってしまった。

少女は母の亡骸《なきがら》にすがって、声のかぎりに泣いたが、それでも言葉が彼女の口からこぼれ落ちることはなかった。

そして、身寄りをなくした彼女《かのじょ》を引きとろうと言う親族はだれもいなかった。

言葉で意思を示すことが難《むずか》しい娘《むすめ》は厄介《やっかい》であったし、両親が次々と亡《な》くなったことから、「口のきけぬのも、前世からの何かの罰《ばつ》にちがいない」「不吉《ふきつ》な、呪《のろ》われた娘だ」と陰《かげ》口《ぐち》をたたく者まであった。

けれども、どういうわけか、少女は人と話すことはできなくても、その代わりなのだろうか、歌だけは上手に歌えた。語ることのない思いを歌にして、美しい声で口ずさむことはできたのである。

このころの歌とは、現代のように文字に書かれ、読みあげるだけのものではない。メロディーにして歌い、フレーズを伸《の》ばしたり自在にくりかえして歌いあげる。まさしく声に出して歌う歌であった。現代で言えばシンガーソングライター、といったところかもしれない。

それゆえ、折にふれてほんの時たま聞かれるその歌の見事さ、澄《す》んだ声の美しさに感心する人々も少なからずあった。

また、この国には古来、言葉にも音にも言霊《ことだま》、音霊《おとだま》という霊力《れいりょく》が宿っているとされ、たまさかに少女の詠《よ》む歌が不思議とそのとおりになることもあって、少女の歌には強い言霊《ことだま》が宿ると言われていた。

ゆえに、人々は彼女《かのじょ》を「音の言霊の姫王《おおきみ》」、または、声の美しさにちなみ、「音琴姫王《おとのことのおおきみ》」と呼《よ》んだ。

姫王（女王とも）というのは王族の娘《むすめ》という意味である。

天皇《すめらみこと》の子は皇子《みこ》、皇女《ひめみこ》という。天皇にならなかった皇子《おうじ》の子孫が王《おう》であり、女王（姫王）と称《しょう》した。

少女の父は王であったため、彼女はそう呼ばれたのであった。

ともあれ長い名なので、この物語では音琴《おとこと》、としよう。


「だれかいるかしら？」

厨《くりや》の外から声がしたと思うと、ひとりの女が厨の入り口からひょいと顔をのぞかせた。

同じく后《きさき》の館で働く朋輩《ほうばい》である。

「ちょっとそこのお方、どこかで山部娘《やまべのいらつめ》を見かけなかった？　渡《わた》したいものがあって……」

そう言いながら音琴だけなのを見てとると、居心地悪《いごこちわる》げに固まっている少女に、

「なあんだ。『だんまり』の音琴さんでは、聞いてもむだね。失礼」

それきりで、また顔を引っこめて行ってしまった。音琴は、いつもこういう時に感じるいたたまれない気持ちで、うつむいてしまった。

——山部娘だったら、みんなと庭先に……。

こんなかんたんな答えさえ、なぜ自分は返すことができないのか。

頭の中は話したいことでいっぱいなのに。心から人と話したい、皆《みな》がしているように、だれかと気軽におしゃべりしたい。

気持ちとしてはそう願い祈《いの》っているのに、いざ話そうとすると、その時点で言葉が見つからなくなる。言葉が頭からスルッとぬけてしまう。口に出して言おう、そう考えたとたんに、自分でも分からない何か嫌《いや》で恐《おそ》ろしいものが心を占《し》めて、こわくて話せなくなってしまう。

どんなに必死になってもそのこわさが先に立って、口をつぐんでしまう。そういう感じなのだ。

——いったいどうして、わたしはこんな……？

思いを歌にして歌うことはできても、なぜ、言葉で人とやり取りすることができないのだろう。複雑な話は筆談に頼《たよ》ってできるが、それも手間や時間がかかることなのでじれったく、結局は皆《みな》あきらめて話そうとしなくなってしまった。

皆の仲間入りができないのは、友だちがいないのは、いつもさびしく悲しい。

——黄昏《たそがれ》の空に雲がただひとつ、お日さまに置き去りにされて漂《ただよ》っている。それがわたし……。

平城宮《へいじょうきゅう》の奥《おく》には天皇《すめらみこと》の日常住まう内裏《だいり》があり、木々や庭園に囲まれた館が幾棟《いくむね》も廊《ろう》を連ねて建てられている。その奥まった一棟が音琴のいる后《おおきさき》の館である。外はうららかな午後で、先ほどから館とは庭続きの馬場で打毬《だきゅう》でもしているのか、毬《たま》を打つ音や、かけ声、歓声《かんせい》が厨《くりや》にまで聞こえてくる。

打毬とは、駒《こま》（馬）に乗った競技者が先の丸くなった杖《つえ》で毬をすくいあげ、的に向かって打ちこむ、今でいうポロのようなスポーツである。

若《わか》い貴族《きぞく》の男たちが熱中するゲームで、昨今はさかんに試合も行われている。

今日は二組、五人ずつで試合が行われ、臣《おみ》たちや皇女《ひめみこ》はもちろん、天皇もご観戦にお出ましとか。

出場者はいずれも名だたる名門の子弟《してい》、人気の若《わか》さまが多く、お后付《きさきづ》きの若い采女《うねめ》たちも観戦したくてたまらない。それで先ほどから、皆《みな》でそわそわと庭先で騒《さわ》いでいるのだった。

「わたしのごひいき、竹内真魚《たけうちのまうお》さまは出ていらっしゃるのかしら」

「あら、犬飼五十君《いぬかいのいそぎみ》さまの方が打毬《だきゅう》はお上手よ。あの方が馬上から半身を乗り出して毬《たま》をお打ちになる、カッコよさったら……！」

「ちょっとだけでも、見物に行きたいものねぇ。お后さまがご病気のためのお慎《つつし》みで、この館だけがご遠慮《えんりょ》なんて、つまらない！」

押《お》し合《あ》いへし合い、背伸《せの》びをしてなんとかはしっこでも見えないものか、と生《い》け垣越《がきご》しにむこうをのぞきこんでいる。

また、どちらかが得点を決めたのか、わあっと大歓声《だいかんせい》が聞こえ、応援《おうえん》の太鼓《たいこ》がドドドンと打ち鳴らされている。

「ほら、ああもう、口惜《くや》しいったら。どちらが勝っているのかしら！」

と、その采女の横をかすめて、何かが、びゅっ、と風を切って飛んできた。

采女《うねめ》たちがいっせいにきゃあっ、と悲鳴をあげる。

厨《くりや》にいた音琴もおどろいて、何事かと庭に走り出た。


地に落ちてはずみ、ころころと転がっていくのは、こぶし大の、打毬《だきゅう》の革《かわ》の毬《たま》である。

そこへ軽いひづめの音が続いたかと思うと、目の前の低い馬酔木《あせび》の生《い》け垣《がき》がザッと割《わ》れて、花と葉を飛びちらせて、大きな葦毛《あしげ》の駒《こま》が飛び出してきた。

ふたたび采女たちの悲鳴があがった。

「すまん、すまん。五十君のやつがとんでもないところに毬を打ったものだから。だれか、怪我《けが》はなかったか」

馬上の男が、心配そうに、しかしなかば愉快《ゆかい》そうに声をかける。

「雄冬王《おふゆおう》さま！」

「なんて乱暴《らんぼう》な。だれかにあたったら、どうなさいますか！」

采女たちの抗議《こうぎ》の声も、どことなく親しげである。

「だから謝《あやま》っているではないか。それより毬はどこへ行った？　だれか探《さが》してくれないか？」

いたずらっぽく、しかしていねいに馬上から頭を下げた。

雄冬王と呼《よ》ばれた男は、年のころは二十代なかばだろうか。

丈《たけ》高く引《ひ》き締《し》まった体格。王族特有の整った容貌《ようぼう》をしている。

政務をとる時には精悍《せいかん》ともいえる表情を、今はやわらげて打毬《だきゅう》に熱中しているようだ。

頭には垂纓《すいえい》をたらした黒い頭巾《ときん》（布製《ぬのせい》の冠《かんむり》）をかぶり、紫《むらさき》の袍《ほう》、同色の褶《ひらみ》、白の袴《はかま》、條《くみの》
帯《おび》に沓《くつ》という武官のいでたちで、今日は太刀《たち》を帯びず、打毬の杖《つえ》をかついでいる。

「さて、どなたか、意地悪をせずに毬《たま》をお返しくださいな。勝負を急いでいるのだから」

采女《うねめ》たちは、あわててあちこちに目をやった。

「あら、あそこに……！」


「まあ、嫌《いや》だわ。だんまりさんのところよ」

皆《みな》がそちらを見ると、毬が転がっていった先にいたのは、音琴だった。

十年間も口をきかずにいる彼女《かのじょ》を、まわりは「だんまり」「口きかず」「物言わず」とあだ名していたのである。

雄冬王は音琴と認《みと》めると、じっと見つめた。

音琴は、雄冬王の視線《しせん》にどぎまぎしながら、毬《たま》を拾いあげ、おずおずと雄冬王にさし出した。

雄冬王も、やや表情を引《ひ》き締《し》め、無言で毬を受けとった。

音琴も目をふせたまま、ただ頭を下げた。雄冬王はしばし音琴に目をとめていたが、やがて駒《こま》を返すと、

「では、失礼いたした！」

ひと言言うと、やっ、と垣根《かきね》を飛《と》び越《こ》えて走り去った。

馬場の方で、わあっ、と歓声《かんせい》があがる。試合が再開されたようだった。

「まったく、雄冬王さまときたら、本当におもしろいお方でいらっしゃる。あれで天皇《すめらみこと》さまの甥御《おいご》さまなのだから」

「でも、秀才《しゅうさい》でいらっしゃるのよ。四書五経《ししょごきょう》に通じ、弓馬《きゅうば》も達人ですもの」

「あまりに優《すぐ》れていて、このまま皇族《こうぞく》でいるよりはと、お父上さまが臣籍《しんせき》にお降《お》ろしになったそうね。お血筋《ちすじ》からも、もっと高慢《こうまん》ちきになられても、おかしくないのに。まことに気さくなお人柄《ひとがら》、というか気どらなすぎだわ」

「でもそれが天皇さまのお気に召《め》して、あのお若《わか》さで今では一番のご側近よ」

「わたしは雄冬王さまが好きよ。ちょっとぶっきらぼうなところもおありだけど、なんたってあの美男ぶりがすてき！」

「あの方、まだ決まったお妃《きさき》をお迎《むか》えではないのよ。わたし、ねらっちゃおうかしら！」

「あらあら、ただの采女《うねめ》が高望み！　雄冬王さまは皇女《ひめみこ》さまのお婿《むこ》さまに決まっているわ」

ひとしきり笑い声があがった。

中のひとりが、まだ音琴がいるのに気づいて、

「まあ、おどろいた。あのだんまりさんまでが、高望みしているようよ」

またひとしきりけたたましい笑い声があがり、顔を赤くした音琴は、いたたまれずに厨《くりや》に駆《か》けもどった。

……人目に立たないように生きているつもりなのに。

薬湯の炉《ろ》に炭を足しながら、冷静になると、音琴はひとり苦笑《くしょう》した。同輩《どうはい》が勘《かん》ぐるほど自分は雄冬王が好きではないし、それどころか苦手でさえあった。

音琴も王族の一員であったから、雄冬王とは何かの時には顔を合わせることがあった。

けれども雄冬王は、いつもよそよそしく近寄りがたかったし、時たま目が合うと、こちらを睨《にら》んでいるようでこわかった。

——わたしのような娘《むすめ》を、あのようなお方がなんとも思うはずがないものを……。どちらかといえば、むしろ嫌《きら》われているような気がするのに。

3 幻《げん》恍《こう》法《ほう》師《し》

「つまらないわねえ。女の身では、打毬《だきゅう》ができないなんて！」

快活な声がして、さわやかな風が入ってきた。

采女《うねめ》をふたりばかり従《したが》えた、緋皇女《あけのひめみこ》である。

天皇《すめらみこと》のただひとりの娘《むすめ》であり、跡取《あとと》りである皇女は女子にしては凛々《りり》しく、くっきりとした面立《おもだ》ちの十七歳《さい》である。

大きな黒々とした瞳《ひとみ》。豊かな黒髪《くろかみ》は両の耳の下で輪に結び、後は高々と結《ゆ》い上《あ》げた髷《まげ》に柘植《つげ》の櫛《くし》、象牙《ぞうげ》の花簪《はなかんざし》、雲をかたどった金銀の簪をさしている。

すらりと伸《の》びた体には蘇芳色《すおういろ》（黒みを帯びた赤色）の袖長《そでなが》の上衣《うわぎ》に、朱色《しゅいろ》の錦織《にしきおり》の背子《はいし》。白の裳《も》の上に、ふわりと透《す》ける緑地に金箔摺《きんぱくず》りの裳を重ねてはき、今流行《はや》りの白と蘇芳色の太い横縞柄《よこじまがら》の領巾《ひれ》をまとっている。その当世風の美しさをほめぬものはいない。

母を亡《な》くし引きとり手のなかった音琴《おとこと》が、父方の縁《えん》につながるこの后《きさき》の館に来て以来、活発で聡《さと》く、おおらかなこの皇女《ひめみこ》は、唯一彼女《ゆいいつかのじょ》に親身でありやさしくしてくれる。もったいないが、音琴には姉のような存在《そんざい》なのであった。

「打毬《だきゅう》の試合は吾《あ》が従兄殿《いとこどの》、雄冬王《おふゆおう》の組が大差で勝った。だから、試合自体はつまらなかったな。ところで音琴、お母さまの今日のご機嫌《きげん》は？」

音琴は黒目がちの瞳《ひとみ》をふせて、両腕《りょうで》を袖《そで》の中で合わせ、膝《ひざ》を軽く折って礼の姿勢《しせい》をとった。

「栂《つが》の木の　いやつぎつぎに
　かかる雲
　　さやけき月を　隠《かく》しやまずも」

（世を照らすべき月《お后《きさき》さま》に次々と雲がかかってかくしてしまいます）

お后さまのご容態は変わらず重いのだ、と答えた。皇女の顔もくもった。

天皇《すめらみこと》の正妃《せいひ》、藤郎女《とうのいらつめ》は数年来、気鬱《きうつ》の病になやんでいる。病は日に日に重く、今では人と会うことさえできぬ状態になってしまったのである。皇女《ひめみこ》は「おいたわしいこと……」と、ため息をついた。

けれども目の前のほっそりとした娘《むすめ》の、少し明るい色の髪《かみ》に花簪《はなかんざし》が揺《ゆ》れ、ふっさりとしたまつ毛をふせてかしこまっているさまに微笑《ほほえ》んだ。

この物言わぬ娘を見るたびに、森の中でただ一輪の咲《さ》く花を見つけたように、心が和《なご》むからである。

「本当に惜《お》しいこと。そんなに美しい声をしているのに、話せないなんて。吾《あれ》はそなたの声を聞きたい。筆談ではなく、友だちのようにたくさんおしゃべりをしたい」

しかし、少女は困《こま》ったように微笑んで首をふり、黙《だま》って頭を下げるだけであった。

音琴が煎《せん》じ薬《ぐすり》の椀《わん》をささげ持ち、少女ふたりは薄暗《うすぐら》い館の奥《おく》へと向かった。

明るい光も時として、后《きさき》の気分にさわるので、窓《まど》も閉《と》ざし、簾《すだれ》でおおっている。表の音もここには聞こえず、森閑《しんかん》として空気までも眠《ねむ》っているようだ。

ただひとり廊《ろう》を守っている衛士《えじ》にあいさつをして、音琴は白木の妻戸をほとほとたたき、来たことを中に知らせた。

そっと扉《とびら》を開く。とたんにむっ、と饐《す》えた匂《にお》いが鼻をついて、皇女《ひめみこ》は思わず袖《そで》で鼻をおおった。

目をこらすと、なおさらに薄暗《うすぐら》い部屋の、薄絹《うすぎぬ》のとばりを幾重《いくえ》にも垂《た》らした奥《おく》に、天皇《すめらみこと》の正妃《せいひ》の寝台《しんだい》が見える。人の姿《すがた》はその上掛《うわが》けに埋《う》もれて見えず、乱《みだ》れた寝具の上に黒髪《くろかみ》が雲のようにもつれて広がっているばかりである。

后《きさき》は近年ふたりの皇子《おうじ》を立て続けに亡《な》くし、それ以来気鬱《きうつ》の病に取りつかれてしまった。もちろん后を案ずる天皇は薬師《くすし》を頼《たの》み、あらゆる社《やしろ》に病気平癒《へいゆ》の祈願《きがん》をさせ、多くの寺を建て、仏陀《ぶっだ》を祀《まつ》り、祈《いの》った。

しかしそのかいもなく、今では正気を失い、人に会うのを恐《おそ》れ、かと思うと、だれかれなしに声を荒《あら》らげてののしり、時には暴れるので采女《うねめ》たちも恐ろしがって近づこうとしない。音琴だけが押《お》しつけられた形で、后の世話をしているのである。

音琴はとばりを引き上げて、薬湯を寝台わきの小卓《しょうたく》に置き、明かりを灯《とも》した。その気配に目覚めたのか、上掛けがかすかに動き、細い声がした。

「音琴か……」

少女の腕《うで》に抱《かか》えおこされたその顔は、かつての美貌《びぼう》を失い、まるで幽鬼《ゆうき》のようである。着衣は乱《みだ》れ、くしけずらぬ髪《かみ》はぼうぼうと顔のなかばをおおっている。あまりの変わりように、娘《むすめ》である皇女《ひめみこ》もさすがに目をそむけた。后《きさき》の方も娘のいるのに気づかないのか、目もくれようとしない。

「……このごろは人声を聞くのもわずらわしい。そなたのように物言わぬ者がいっそ心安い。音琴よ、ただ、何か歌うが良《よ》い」

少女は軽く礼をすると、透《す》きとおった声で東国の民《たみ》の歌である「東歌《あずまうた》」のひとつを歌いはじめた。

「多摩川《たまがは》に　晒《さら》す手作り
　さらさらに
　　何ぞ　この児《こ》の　ここだ愛《かな》しき」

（多摩川《たまがわ》に手作りの布をさらす女の子。さらにさらにどうしてこの娘がこれほどまでに愛《いと》しいのだろう）

澄《す》んだ声でくりかえしを入れて口ずさみながら、もつれた髪《かみ》にやさしく櫛《くし》をあて、清水にひたした絹布《けんぷ》で手足や顔を清め、そっと着がえさせた。

皇女《ひめみこ》もかたわらから薬湯の椀《わん》をさし出し、母に飲ませた。后《きさき》は何も感じぬようで、ただ夢の中に遊んでいるかのような表情である。


そこへ案内の声がして、床《ゆか》に影《かげ》がさした。

ひとりの僧《そう》がつかつかと寝所《しんじょ》に入ってきた。

「幻恍か。今日も祈禱《きとう》のために来たのだな。苦労である」

皇女が声をかける。

四十過ぎと見えるその僧は、うやうやしく礼をすると、よく光る目を少女ふたりに向けた。上から下まで、といった感じで無遠慮《ぶえんりょ》でさえあった。そのくせ声はやわらかで、

「これは、おそれおおくも緋皇女さま。お母上さまのお見舞《みま》いであらせられますか。音琴《おとのこと》姫王殿《おおきみどの》、今日はお后さまのお加減はいかがですか?」

と、猫《ねこ》をなでるようだ。

質素な灰色《はいいろ》の僧服《そうふく》をまとったこの僧は名を幻恍法師といい、留学僧として唐《とう》の国に渡《わた》り尊《とうと》い法力を学んだとして、天皇《すめらみこと》がことに請《こ》うて后《きさき》の治療《ちりょう》をさせているのである。

がっしりとした体に顔は獅子《しし》に似て、異様《いよう》に太い鼻柱に大きくぶ厚い唇《くちびる》をしている。耳たぶも厚く、黒々とした眉《まゆ》、ぎょろりとしたその目は油断なく相手を見すえてくるようだ。

この人はなぜ、わたしをこんなに見つめるのだろうか。音琴はいぶかしく思った。

――たいていの人はわたしのように物言わぬ者を見ると、無視《むし》してかかるものなのに。口をきかないでいると、女官たちなどは音琴には意思も心もないものと思うのか、そこに存在《そんざい》しないものとして自分たちだけのあけすけな、時には秘密《ひみつ》の恋《こい》の話まで目の前で声高《こわだか》に話すのだった。そうして黙《だま》って人の間にあって、音琴は人をよく観察するようになった。

この法師に関しても、「お坊《ぼう》さまのくせに、どうやらおなごに手が早いようよ。もう下仕えの某《なにがし》を口説いたそうな」と、年かさの女官たちが話しているのを聞いたばかりだった。

「…………」

だから自分を見ないでほしいと、眉《まゆ》をひそめ目をふせてしまう。皇女《ひめみこ》がそっと手をにぎってくれた。臆《おく》するな、と微笑《ほほえ》んで、

「今日もお変わりはない。法師よ、母上のため、祈禱《きとう》を始めよ」

「は……。この幻恍、心して務めさせていただきまする」

幻恍法師はふたたび慇懃《いんぎん》に礼をすると、遠慮《えんりょ》なく后《きさき》の寝台《しんだい》に寄り、子どもを相手にするように話しかけ、何事か訴《うった》える后の手を取りあやすようになぐさめる。

やがて后を寝台に横たえ、ふところから見たこともない奇妙《きみょう》な姿《すがた》の仏像を取り出した。たくさんの腕《うで》を持ち、目は三つもある。なんという仏さまなのか、見たこともない恐《おそ》ろしい顔の仏さまだと音琴はいつも思う。

それを、うやうやしく枕辺《まくらべ》にしつらえた祭壇《さいだん》に祀《まつ》り、数珠《じゅず》をじゃらじゃらともみ合わせて、幻恍は念仏を唱えはじめた。

寝台の横に護摩壇《ごまだん》が組まれ、火を入れ、香が焚《た》かれ、熱と妖《あや》しい匂《にお》いが部屋中に満ちてくる。

「南無《なむ》、観音力《かんのんりき》、南無、観音力。ご病人を治したまえ……！」

幻恍はいちだんと強く経《きょう》を唱えながら香をわしづかみにし、護摩壇《ごまだん》の炎《ほのお》に向かって投げつける。火にあぶられながら大声で読経《どきょう》を続ける幻恍の額には、早くも玉の汗《あせ》が浮《う》かんでいた。

ありがたいお経なのだろうが、音琴は何やら恐《おそ》ろしく、気味が悪かった。

今やもうもうたる香の煙《けむり》の中で、読経の声が部屋中にこだまし、何本もの手を持つ異形《いぎょう》の仏像がゆらゆらと踊《おど》っているかのようで、めまいがしてきた。幻恍の読経の調子がいっそう強まり、高まっていく。

「あっ……お母さまが！」

皇女《ひめみこ》の声にはっと目を開いて見ると、おどろいたことに后《きさき》は寝台《しんだい》の上に起き上がり、ぱっちりと目を見開いているではないか。そして、皇女の方をはっきりと見て、

「……そこにいるのは緋皇女ではありませんか。なぜここに？　……わたしはいったい……？」

言いさした后の目から、はらはらと涙《なみだ》がこぼれて落ちている。

「お后さまの意識がもどられた！　お治りになられたぞ！　これぞ、御仏《みほとけ》の功徳《くどく》、法力の

具現じゃ！　ありがたや、ありがたや！　南無《なむ》、観音力《かんのんりき》！」

幻恍が大声で叫《さけ》んだ。后《きさき》はしっかりと皇女《ひめみこ》の手を取った。

「お母さま！　お母さまがお治りになった！　だれか、みんな早く！　このことを天皇《すめらみこと》さまにお知らせせよ！」

館内は大騒《おおさわ》ぎとなった。館中の家来たち采女《うねめ》たちが駆《か》けつけて、この奇跡《きせき》を見、ことほぎの言葉を口にした。ついには皇宮《こうぐう》から天皇がお出ましになり、愛する妻と涙《なみだ》ながらに手を取り、抱《だ》き合《あ》った。


后の快復に喜び騒ぐ人々から離《はな》れて、音琴も柱の陰《かげ》で、ほうっと安堵《あんど》の息をついた。こんな時の常で、だれも音琴相手に喜び合おうなどと考える者はなかったが、今の音琴はそれがかえって気楽であった。

と、目の端《はし》に灰色《はいいろ》のものが動いていくのが映《うつ》った。そっと視線《しせん》を移すと、それは仏像をふところにしまいこみ、その場から黙《だま》って立ち去っていく幻恍の姿《すがた》であった。

この大手柄《おおてがら》をたてた当の本人であるのに、人々の称賛《しょうさん》を避《さ》けるようにして、ゆっくりと遠ざかっていく。不思議に思った。

そして、その質素な僧服《そうふく》の男の顔に、うっすらと奇妙《きみょう》な笑《え》みが浮《う》かんでいるのを、この観察眼に優《すぐ》れた少女は見逃《みのが》さなかった。

――幻恍法師。この僧侶《そうりょ》は、ただ者ではない。

なんとなく、背筋《せすじ》が冷たくなった。

4　妻問《つまど》い

初夏。卯《う》の花《はな》、笹百合《ささゆり》、薄紅色《うすべにいろ》の小さな花をつけた茨《いばら》。奈良の野山を可憐《かれん》に彩《いろど》る草花が咲《さ》きはじめた。

その中を、ひとりの男がゆったりと駒《こま》をうたせて歩んでゆく。その紫《むらさき》の袍《ほう》を着た官人らしい男は、咲く花にふと目をとめて、駒を降《お》りた。

宮殿《きゅうでん》のすぐ裏手《うらて》に広がるこの佐紀野《さきの》は、上代の古墳《こふん》の丘《おか》や小さな森が点在し、花も咲き小川も流れるのどかな野原である。

さわやかな空気に、男はひとつ大きく伸《の》びをして、駒を木につなぐと、ごろりと木陰《こかげ》に寝転《ねころ》んだ。これから宮殿に行かねばならないが、どうせ午後いっぱいは退屈《たいくつ》な宴会《えんかい》が待っているだけなのだ。それならこのへんでひと眠《ねむ》りしていこう。

あたりには花の香りが満ち、鳴《な》き交《か》わす小鳥のさえずりが心地《ここち》よく、男はうとうとと眠りに落ちようとしていた。それがふと目を開いたのは、鳥の声に混じってだれやら歌っているのが聞こえたからだった。

木の葉がくれに見ると、少女がひとり、手かごに草を摘《つ》みながら歌っている。薄紅色《うすべにいろ》の領巾《ひれ》、白の上衣《うわぎ》に薄緑《うすみどり》の裳《も》といういかにも夏らしい装《よそお》いで、ひとりの気楽さからだろうか、伸《の》びやかな歌声を風にのせている。男はなんとも微笑《ほほえ》ましいものを見たと思った。

男が見ているとも知らず、少女、音琴《おとこと》はひとりの自由を楽しんでいた。

今日はお休みをいただいたので、部屋で過ごそうかと思ったのだが、お天気に誘《さそ》われて佐紀野まで出かけてきたのだった。

ふだんの、人と過ごすわずらわしさから解放されて、生き返るようだった。

この野原には花も咲《さ》くが、薬草となる草も多い。梅雨《つゆ》に入る前に摘んでおくことにしよう。夏には暑気を払《はら》う薄荷草《はっかぐさ》、十薬《じゅうやく》とも言われるドクダミ、石楠花《しゃくなげ》。染《そ》め物《もの》に使うクチナシだってまだ実が残っているかもしれない。

音琴は木陰《こかげ》をのぞき、葉にかくれていた白い花を見つけて微笑んだ。

——いい匂《にお》い。

「佐紀の野に
　生《お》ふるこの花　名を問わん
　　問へど答えぬ　くちなしにして」

（佐紀野に咲《さ》く花、貴方《あなた》の名前は何？　聞いても答えないわね。だって貴方はクチナシの花だもの）

と、歌いかけた。かすかな風に花が揺《ゆ》れて笑っているようだ。音琴も笑った。

——こうして歌を作って歌うのが一番だわ。歌で花にも鳥にも話しかけられる。歌こそわたしの言葉なのだもの。

少女の無心なさまを微笑《ほほえ》んで見守っていた男だったが、やがて頰《ほお》を引《ひ》き締《し》めると、静かに身を起こし、駒《こま》の手綱《たづな》を引いてその場から立ち去った。

花咲く野辺を遠ざかっていく、騎馬《きば》の人を遠目に認《みと》めて、音琴はいぶかしく思った。

——だれだろう、あんな人が野に入ってくるのも知らなかった。もしかすると見られていたかしら。だったら恥《は》ずかしい……。

「音琴姫王《おとのことのおおきみ》さん！」

「だんまりさん、こんなところにいたのね、ずいぶん探《さが》したわよ」

音琴の手かごがいっぱいになったころ、野原のむこうから朋輩《ほうばい》の采女《うねめ》が三人ばかり、転がるようにこちらに走ってきた。

おどろいて、立ちすくんでいる音琴を取り囲むようにして、口々にさえずった。

「音琴さん、たいへんよ。天皇《すめらみこと》さまが、そなたをお呼《よ》びよ」

「だんまりさんをすぐに御前《おんまえ》に連れてまいれ、とのご命令なの！」

――わたしを天皇さまが？　なぜ、だって今日はお后《きさき》さまの全快祝いの宴《うたげ》のはず。出席できるのは身分が上の女官だけ。わたしなどそんな晴れがましい所へは……。

――わたし、何かまずいことをしたかしら。何か粗相《そそう》を……？

「いいから早く！」

泣きそうになっている音琴を、采女たちが無理矢理引っぱっていった。

平城宮《へいじょうきゅう》は歴代最大の宮殿《きゅうでん》である。

青い甍《いらか》、白壁《しらかべ》の柱の朱色《しゅいろ》もあざやかな大極殿《だいごくでん》の階《きざはし》の上に、今日は天皇《すめらみこと》、后《きさき》、皇女《ひめみこ》の席が設けられ、その御前《おんまえ》の朝堂院《ちょうどういん》の縁《えん》にはずらりと皇族《こうぞく》、王族、朝臣《あそん》方が居並《いなら》んでいる。それぞれの前には、贅《ぜい》を尽《つ》くした山海の珍味《ちんみ》や酒の膳《ぜん》が置かれ、后の全快祝いの祝宴《しゅくえん》が行われている。

宴《うたげ》もたけなわで、臣《おみ》たちは次々と立ち上がって、后の全快を祝う言葉をのべた。后も病《や》みやつれた面影《おもかげ》は残しているものの、今日は晴れやかな正装《せいそう》に身をつつみ、艶《あで》やかな笑顔《えがお》を見せている。

功労者である僧《そう》、幻恍《げんこう》も、今は天皇から贈《おく》られた立派《りっぱ》な衣《ころも》と金襴《きんらん》の袈裟《けさ》を着け、一の大臣《おおおみ》、矢田部大麻呂《やたべのおおまろ》の次の座《ざ》についていた。

そこへ音琴が采女《うねめ》たちに両手を取られて、御前に引きずられてきた。

「音琴姫王を召《め》し出《だ》しましてございます」

「音琴よ、参ったか」

天皇のとなりから、后が微笑《ほほえ》んだ。

「陛下《へいか》、この采女《うねめ》こそ長年わたしを看病《かんびょう》してくれた、音琴姫王でございます。この者の歌に、どんなにかわたしはなぐさめられたことでしょう」

御年《おんとし》四十になられる天皇《すめらみこと》は、誠実《せいじつ》でやさしいお人柄《ひとがら》である。

「音琴姫王よ、朕《ちん》もそちのうわさはかねがね耳にしている。皆《みな》はそちが言葉は話さぬが、心を歌にして話す不思議な娘《むすめ》だと申している。どうかな、今その歌を、朕にも聞かせてはくれぬか？」

と、微笑《ほほえ》まれた。音琴はただただひれふすばかりだった。どうやらお叱《しか》りを受けるのではないとは分かった。それでも、こんなきらびやかな中に普段着《ふだんぎ》でいる自分が恥《は》ずかしく、消えいりたい気持ちでいっぱいだった。それなのに、歌、ですって？

急なことで、しかも天皇の前である。とっさに天皇を讃《たた》える言葉を探《さが》し、歌にまとめ、ためらいながらも吟《ぎん》じはじめた。

「まほろばに　君こそあれや

君こそませば　そらにみつ

大和国原《やまとくにはら》　海原《うなはら》うるはし」

（この国に天皇《すめらみこと》さまがいらっしゃるからこそ、この大和《やまと》の地は美しく海も美しいのです）

鈴《すず》を転がすような美しい歌声であった。豊かな節回し、嫋々《じょうじょう》とくりかえし歌われる言の葉。居並《いなら》ぶ皆《みな》がおどろいて音琴を見、うっとりと聞き入った。少女の天皇を讃《たた》える素直《すなお》な心が、人々の心をゆすぶったのである。

「おどろいた。これがうわさに聞く音言霊《おとことだま》の姫王《おおきみ》の歌なのか」

「なんという美しい声だ。しかも求められて、即答《そくとう》であれほど詠《よ》みかける歌の才よ」

「まこと、名にしおう音の琴の姫王よ」

「めでたき歌でございます。陛下《へいか》、音琴の歌は言霊が宿りますそうな。この歌のごとく陛下の御世《みよ》は麗《うるわ》しいものになるでしょう」

后《きさき》はうれしそうに、天皇にささやく。天皇も感じ入ったようすで、

「言霊と申すか。それは大したものだ。では、音琴姫王よ、今一首、聞かせよ」

と仰《おお》せになる。音琴はいよいよ困《こま》ったが、今度は目を閉《と》じて、胸《むね》の前に手を重ねると、ふたたび詠んだ。

「名も知れず
　人にも知れぬ　野辺《のべ》の草
　　君が樹下《こした》を　慕《した》ひまつらん」
（名もなく、人目につかない、つまらない野草さえも、天皇《すめらみこと》さまのもとにありたいと慕っています）

野草を自分になぞらえて歌った。これにも皆《みな》が心をうたれて、しんと静まり返った。
と、その中からよくとおる、落ちついた男の声が歌を詠《よ》みかけた。

「若草《わかくさ》の
　人にも知れぬ　野辺の花
　　吾《あ》が手に包み　吾《あ》が家に置かん」
（若草の、その目立たぬ花こそ大事に手につつんで家に持ち帰り、置きたいものだ）

それを聞いて、人々はおどろき、互《たが》いに顔を見合った。なぜならそれは、恋《こい》の歌だったからである。

「おやおや、おどろいた。これはまるで、先の歌への相聞歌《そうもんか》ではないか」

相聞歌とは、恋《こい》の歌、恋人同士の間で詠《よ》み交《か》わされる歌のことだ。

「花のような女人《にょにん》をわが家に連れ帰りたい。この歌は、まるで音琴姫王への恋の告白のようだ。いったいだれが……？」

そわそわと一同があたりを見回す中、ひとりの男が、すいと立ち上がった。

「雄冬王《おふゆおう》！」

「雄冬王殿《どの》があの歌を？　なんと、おどろいた。それでは彼《かれ》が音琴姫王を……？」

「好いている。恋している、と？」

「意外だな。雄冬王とあの音琴姫王とは。これはおもしろい。天皇《すめらみこと》の御前《おんまえ》で恋の告白とは！　雄冬王、いいぞ！」

雄冬王は音琴に視線《しせん》をあてたまま、平然とその場に立っている。

音琴のおどろきはそれどころではなかった。いったい何が起きているのかすら、分からなかった。

満座《まんざ》の視線が自分に集まっている。皇女《ひめみこ》までもが目を丸くして、興味津々《きょうみしんしん》のまなざしである。

雄冬王はゆっくりと彼女《かのじょ》の前まで歩みよると、手にしていた白い花をさし出した。クチナシの花だった。

――あの佐紀野のクチナシの花？　ではあの時の駒《こま》に乗った人は雄冬王さまだったのだわ。この方に見られていたなんて！

恥《は》ずかしさで顔から火が出そうだった。

雄冬王は音琴の瞳《ひとみ》をじっと見つめ、さらに詠《よ》みかけた。

「くちなしの
　　香るこの花愛《いと》しみて
　　　野辺に宿せむ　今宵《こよひ》ひと夜は」
(物言わずとも香り高いこの花を愛しく思い、今夜はその咲《さ》く野辺に眠《ねむ》りたい)
花は音琴であり、一夜をともにしたい。それはもう本当に恋《こい》の歌だった。

それまで黙《だま》って見ておられた天皇《すめらみこと》は、愉快《ゆかい》そうな表情になられた。

「これは、これは。ではじつは、雄冬はこの采女《うねめ》を好いていたのかね？　知らなかったよ」

雄冬土は天皇に拝礼《はいれい》し、ゆうゆうたる態度で、

「陛下《へいか》のお許しがあれば、吾《あれ》は今、この場にて、この采女に妻問い（求婚《きゅうこん》）をしたいと思います」

一同から、やんやの喝采《かっさい》が起きた。

しかし、これはもっともなことで、宮中の女官、采女はすべて天皇のものであり、勝手に恋《こい》をしたり、結婚《けっこん》したりできるものではない。その采女に求婚、しかも満座《まんざ》の面前である。

静まり返った一同は、どうなることか、なりゆきやいかに、と固唾《かたず》をのんだ。

しかし天皇は、このお気に入りの甥《おい》の言葉に思わず破顔すると、こう返した。

「それはよろしい。今日は后《きさき》の快気祝いのめでたき日である。めでたきことはいくつあっても良い。音琴姫王をそなたのものとしよう」

音琴は仰天《ぎょうてん》した。

――待って、今、天皇《すめらみこと》さまは何をおっしゃったの？　わたしを雄冬王さまのものにする、ですって？　いえ、そんなこと急に……！

「よろしゅうございますとも。音琴もしっかりした後見であれば、だれかよき人と娶《めあわ》せるつもりだったのです。陛下《へいか》の右腕《みぎうで》たる雄冬王殿《どの》ならば、不足はありません。音琴をそなたの妃《きさき》といたしましょう。ただし、音琴は大切なわたしの采女《うねめ》。勤《つと》めは当分続けさせてほしい」

后《きさき》も言葉を添《そ》え、やがて天皇《すめらみこと》が皆《みな》を制して、宣言《せんげん》した。

「皆、聞くように。朕《ちん》はここに、音琴姫王を雄冬王の妃と定めることを宣《せん》する！」

まわりはまたもや、やんやの喝采《かっさい》である。

――何ですって？　わたしが、妃？　雄冬王さまの……妻ですって⁉

こうしていきなり音琴は雄冬王の妻となったのである。

呆然《ぼうぜん》としている音琴のそばに、

「良かったのう、そなたのことは案じていたのじゃ。亡《な》き父君も、さぞや喜ばれよう」

にこにこと席を立ってきたのは、大臣矢田部大麻呂《おおおみやたべのおおまろ》であった。

このやぎ鬚《ひげ》を生やした小柄《こがら》な老人は、音琴の父と親しかったということで、子どものころから何くれとなく言葉をかけてくれた。だれにもやさしく、情け深い大臣《おおおみ》として知られている。

しかし、今の音琴には祝いの言葉も耳に入らなかった。

——どうして雄冬王さまはわたしなどにあんな歌を？　今までろくに会ったこともないのに……いいえ、それよりも、わたし自身の気持ちも聞かずに、どうしてみんな勝手に……？　ああ、こんな時に口がきけたら、わたしは嫌《いや》です、お断りしますってはっきり言えるのに！

必死になってもやはり言葉は頭の中で消えてしまう。

音琴は思いあまって、そのまま宮殿《きゅうでん》から出ていこうとしている雄冬王を追いかけた。歯を食いしばって、両手を広げて通せんぼをし、首を横にふった。

妻問いはお受けしません。貴方《あなた》はその場の座興《ざきょう》にあおっしゃったのでしょう。わたしはそんな妻問いはお受けしません。わたしはどなたとも結婚《けっこん》などするつもりはないのです。

そう言いたかった。雄冬王は音琴の剣幕《けんまく》に少しばかりおどろいたものの、ゆったりと微笑《ほほえ》んだ。

「そなたの返事は歌にて聞きたい。歌人なのだから」

――えっ、歌ですって？　なんと歌えばいいの？　ああだめ、こんな時にかぎって歌が思いつかない……。

音琴はやっぱり目をふせてうつむいてしまう。そこへ、舎人《とねり》が駒《こま》を引いてきた。

「二、三日中に館を与《あた》えるゆえ、そこへ移れ。身の回りの世話する者や下男もつけてやる。そこから后《きさき》の館に通うが良《い》い」

そう言うと、ひらりと駒にまたがり、門を出ていってしまった。音琴は遠ざかる背中《せなか》に向かって、この娘《むすめ》にはめずらしく、アカンベェをした。


「どうして、雄冬王さまはあんな娘を？」

「むっつり、だんまり、のくせに、いつの間に色目を使ったものやら！」

「雄冬王さまは皇女《ひめみこ》さまと結婚《けっこん》なさるのだとばかり……」

婚約《こんやく》以来、朋輩《ほうばい》たちの目はいっそう冷ややかなものとなった。

もともとなんとなく人から避《さ》けられている身ではあったが、それ以来というもの、膳《ぜん》を並《なら》べて食事する仲間もいなくなった。音琴が部屋に入っていくと全員が席を立って出ていくなど、音琴はますます身も縮《ちぢ》む思いである。

なぜ、こんなことになってしまったのか。雄冬王だけでなく天皇《すめらみこと》さえ恨《うら》めしく思う。后《きさき》も自分が言い出したのに、気まぐれだったのかその後は何も言ってくれない。

ただひとり、緋皇女《あけのひめみこ》だけが散歩の時に、

「良かった。そなたを選ぶとは、あいつもおなごを見る目だけは確かなようだ。ようやくそなたにも良き背《せ》（夫）ができた。婚礼《こんれい》の時には吾《あれ》がそなたの衣裳《いしょう》を見たてよう」

と、喜んでくれた。音琴はますます恐《おそ》れ入《い》って、

「でも、雄冬王さまは皇女さまとご結婚《けっこん》なさるはずだったと、皆《みな》が言います……」

これは地面に棒《ぼう》きれで書いた。皇女は笑って手でその字をかき消すと、

「そんなことはただのうわさだ。第一、わたしはだれとも結婚はせぬ。わたしは父上の跡《あと》を継《つ》いで帝位《ていい》につくのだ。それがわたしの望みなのだ。そして、女帝《じょてい》は結婚などしない。そなたには何度も語ったではないか」

確かに、弟皇子《おとうとおうじ》ふたりを失ったことで、皇女がこの決心を固めたことは音琴も知っている。

——でも……。

音琴が顔をしかめてみせると、クスクスと笑って続けた。

「そう申すな。吾《あ》が従兄《いとこ》ながら、雄冬はあれでけっこういいやつなのだよ。まあ、政治には明るいが、女人《にょにん》にはうとい。言葉が足りず不器用なのが玉にキズ、といったところだが。案外やさしいところもあるのだ。幼《おさな》なじみだから、吾《あれ》には分かる」

そう言われても、あまりなぐさめにはならなかった。結婚《けっこん》なんて……。一生ひとりでだれの目にもつかぬように生きていくつもりだったのに。

仕事を終え、夜ふけて自分に割《わ》りあてられた小部屋に帰ると、ため息しか出なかった。小卓《しょうたく》と椅子《いす》、寝台《しんだい》しか見あたらない部屋は、かすかにかび臭《くさ》い匂《にお》いがする。

音琴は部屋の隅《すみ》に置かれた古櫃《ふるびつ》をそっと開けた。この古櫃と幾枚《いくまい》かの衣服だけが彼女《かのじょ》の持ち物だった。

亡《な》き母の残した化粧道具《けしょうどうぐ》、髪飾《かみかざ》り。学者でもあった父の書物、留学生として唐《とう》に渡《わた》った時に持ち帰ったらしい玻璃《はり》の盃《さかずき》。古びた布にくるまれたまま、ろくに見もしない何か細長い箱、等々。手に取ってながめても、父の顔は浮《う》かんでこず、今では母の顔さえおぼろげなものとなってしまっている。
こんな時に手をのべて助けてくれる人はもうだれもいない。
自分はこの世にただひとりぼっちなのだ。そう思うと、心細くて涙《なみだ》が頬《ほお》を伝った。

5 大臣《おおおみ》

「綿《わた》もなき　布肩衣《ぬのかたぎぬ》の　海松《みる》のごと　わわけさがれる　襤褸《かかふ》のみ　肩《かた》にうち懸《か》け
伏《ふ》せ庵《いほ》の　曲げ庵の内に　直土《ひたつち》に　藁解《わらと》き敷《し》きて　父母は　枕《まくら》の方《かた》に
妻子《めこ》どもは　足《あと》の方に　囲《かく》みゐて　憂《うれ》へ吟《さまよ》ひ　竈《かまど》には　火気《ほけ》ふき立てず　甑《こしき》には
蜘蛛《くも》の巣《す》懸《か》きて　飯炊《いいかし》くことも　忘《わす》れて」

（……綿も入っていない、まるで海藻《かいそう》のように垂《た》れ下《さ》がったボロ布を着て、つぶれかけひん曲がった家の中だ。床土《ゆかつち》の上にじかに藁をほどいたのを敷いて、父母は自分の枕の方に、妻子は足元の方に身を寄せ合って、嘆《なげ》きの声をあげている。竈には火の気もなく、米を蒸《む》す甑には蜘蛛の巣が張って、もはや米を炊《た》くことすら忘れている……）

奈良時代の歌人山上憶良《やまのうえのおくら》の「貧窮問答歌《ひんきゅうもんどうか》」の一節である。

華《はな》やかに見えるこの時代も、一歩都を出れば、このような貧しく苦しい庶民《しょみん》の暮《く》らしがあった。青丹良《あをに》し、どころか、庶民《しょみん》の多くはまだ竪穴式住居《たてあなしき》に近いものに住み、衣服は麻《あさ》で織った貫頭衣《かんとうい》を着て、とぼしい食糧《しょくりょう》、重い租《そ》、庸《よう》、調《ちょう》などの税の負担《ふたん》に苦しんでいた。

そのような貧しい集落を行きすぎるたびに、雄冬王《おふゆおう》の眉《まゆ》はくもり、眉間《みけん》に深いたてじわが寄るのだった。

――大宮人《おおみやびと》がいくら栄えようとも、民《たみ》がこのようでは、わが大和《やまと》の国もまだまだ……。

今日は斑鳩《いかるが》に住む親戚《しんせき》を訪《たず》ねての帰りである。雄冬王を乗せた輿《こし》が都の入り口、羅城門《らじょうもん》に向かって進むにつれて、だんだんと荷車の列に行く手をはばまれるようになった。

「雄冬王さまの輿である。道をあけよ!」

舎人《とねり》がそう声をかけつつ、かきわけて進むが、なかなか先に進めない。沿道《えんどう》には直径四尺《しゃく》(約百二十センチ)ほどもあろうかという太い丸太を何本も積み、牛に引かせた荷車が何台も連なって渋滞《じゅうたい》しているからである。

「おそらく、天皇《すめらみこと》さまが新たに造営されている御寺《みてら》の柱となる木材でございましょう。生《い》駒山《こまやま》のあたりで採れると聞きました。これだけの太さとなると、元の木はどれほどの大木でありましょうか」

そばに騎馬《きば》で伴《とも》をしている舎人《とねり》が感嘆《かんたん》したように言う。雄冬王も、うむ、とうなずいて、

「陛下《へいか》はまことに信心深くおいでだからな。今度の国分寺造営にはひとしお力を入れておられるのだ」

日本に仏教が伝えられたのは飛鳥《あすか》時代、西暦《せいれき》五三八年のことで、百済《くだら》の聖明王《せいめいおう》によって、と伝えられている。紀元前四五〇年ごろ、はるか遠いインドで誕生《たんじょう》した仏教は、伝来から約百年後、この物語の時代に日本で隆盛《りゅうせい》を迎《むか》える。

深く仏教に帰依《きえ》した現天皇《すめらみこと》は、寺を建て、唐《とう》の国より経典《きょうてん》を取りよせ、高僧《こうそう》を招くことに熱心である。

——そのこと自体は悪くはない。と、雄冬王は思う。しかし、今は度が過ぎてはいないか？

ようやく渋滞《じゅうたい》をぬけて進もうとすると、今度は右手から大きなツチ（ハンマー）の音が響《ひび》いてくる。ここらあたりにその新たな国分寺が建つのだろう。

輿がおいて、そちらの方に輿《こし》をよせてみた。

広い工事現場では百人をこえる人々が黙々《もくもく》と石を運んだり、チョウナ（木を削《けず》る道具）やヨキ（斧《おの》）をふり回している。どの顔も汗《あせ》と泥《どろ》にまみれ、疲《つか》れているように見える。これらは皆《みな》、政府に徴用《ちょうよう》されてきた農民たちである。

「なんて、でっけえ寺だろう。働いても働いても、キリがねえや」

ツチで杭《くい》を打ちこんでいた男が、貴人《きじん》が聞いているとも知らず、ウチアテ（ツチを打つものにあてがう鉄板）を持つ相棒《あいぼう》にしゃべっている。

「俺《おれ》はもうこんなところにいるよりは、故郷《くに》に帰りたくてたまらねえ。働き手の俺なしで、妻子《めこ》どもでは畑はやっていけぬ」

「そうじゃな。ことに今年は降《ふ》れればどしゃ降り、晴れれば日照り。植えたばかりの稲《いね》はどうなるのか。俺の故郷《こきょう》はまた凶作《きょうさく》になるかもしれぬ」

相棒も浮《う》かぬ顔である。

「それでも、食うものを削って税の米は出さねばならぬ。いつぞやのように餓死者《がししゃ》が出ねば良いがのう」

ツチを持つ男が、ふん、と鼻を鳴らした。

「わしらが飢《う》えても、お上からのお助けはいっさいなしじゃ。それどころか、こんな寺普《てらぶ》請《しん》のためにまたまた税が上がるといううわさじゃ」

かたわらで石を運んでいた男も、吐《は》きすてるようにつぶやいた。

「まったくじゃ。今の天皇《すめらみこと》は、生きたわしらよりも御仏《みほとけ》がお大事なのじゃ！」

このあたりで男たちは貴人《きじん》の輿《こし》がそばにあるのに気づいたか、あっ、と口をふさぎ、こそこそと散っていった。


どうしてこのようなことになってしまったのか。輿の中で雄冬王の眉間《みけん》に、またたてじわが寄った。

天皇は、誠実《せいじつ》でやさしい人柄《ひとがら》である。庶民《しょみん》のこうした現状を知れば、手をさしのべずにいられないお方だと思う。それがなぜ、気づかないのか。

もしや、臣下のだれも天皇に真実を告げていないのではないか。そう思い、雄冬王自身、何度となく庶民の救済《きゅうさい》を天皇に進言してはいる。しかし、天皇にはどういうわけか通じない。愚昧《ぐまい》な方ではないのに、何のことやらさっぱり分からぬ、といった風で、

「雄冬王よ。民《たみ》に大切なのは物ではなく、心なのだよ。御仏の教えのもとに心を救われる

ことなのだ」

そう言われては返す言葉もない。

雄冬王の輿《こし》は、ゆるゆると柳並木《やなぎなみき》の朱雀大路《すざくおおじ》を宮殿《きゅうでん》に向かってのぼっていく。

平城京は唐の都、長安《ちょうあん》を模《も》して造られた。南北に九条、朱雀大路を中心に東に七坊《ぼう》、西に四坊。整然と碁盤《ごばん》の目に区切られた街並《まちな》みに、人口十万人をかぞえる、この時代の大都市である。寺、貴族《きぞく》の館の立《た》ち並《なら》ぶ最奥《さいおう》にこの国最大の建築物、平城宮がそびえている。黄金の鴟尾《しび》を屋根の両端《りょうたん》に飾《かざ》った、二層建《そうだ》ての豪壮《ごうそう》な宮殿は、青い甍《いらか》、真っ白な壁《かべ》に柱や回廊《かいろう》の朱色《しゅいろ》が映《は》えて美しい。まさに「青丹《あおに》（青と赤）良し」の、このまだ新しい宮殿もまた長安城を模して建てられたという。

朱雀門《すざくもん》から入り、輿から降《お》りると、四町四方の広大な敷地《しきち》に朝臣《あそん》たちの政務の場、朝堂院《ちょうどういん》、その他の省庁《しょうちょう》などの立派《りっぱ》な建物が立ち並んでいる。その中心に天皇《すめらみこと》が政務に使う大極殿《だいごくでん》、住まいとする内裏《だいり》がある。

雄冬王は心持ち頬《ほお》を引《ひ》き締《し》めて朝堂院に入った。今日は滞《とどこお》っている徴税《ちょうぜい》に関する会議が開かれているはずである。

「大体、国司や郡司どもが怠《なま》けておるのではないですかな？　それとも里長《りちょう》どもが中をぬいておるとか？　まったく、油断のできぬ世の中ですからな。戸籍《こせき》をごまかして、いないふりをする農民ども、逃亡民《とうぼうみん》なども、どしどし捕《つか》まえ罰《ばつ》を与《あた》えて、見せしめにすると良いのだ」

丸々と肥えた王族が立ち上がって演説をしている。雄冬王は口をはさんだ。

「民《たみ》が何ゆえ逃亡すると思いますか？　土地がだめになっているせいです。昨今の豪雨《ごうう》で川の氾濫《はんらん》があいつぎ、田畑が荒《あ》れて作物がとれぬせいです。治水対策《たいさく》の方を優先的《ゆうせんてき》に取り上げてはいかがか？」

しかし、顔色の悪い郡司上がりの弁官が、皮肉っぽい口調で、返した。

「雄冬王殿《どの》、そんなところに回せる人員などいませんよ。動ける男は皆《みな》、寺の普請《ふしん》と防人《さきもり》に回っていますからね」

後は口々に、

「そうそう、大体、天皇《すめらみこと》は国分寺を建てすぎなのです。防人なども、もう不要じゃ」

「ともかく民どもは、今の天皇のなされようには不満なのだ」

「世の中がこんなありさまなのに、まだ大寺を建てようとなさる。民《たみ》の中には今の天皇《すめらみこと》さまでは国が滅《ほろ》ぶ、早《はよ》う代替《だいが》わりせぬものかと言う者まで現れる始末じゃ」

口角泡《こうかくあわ》を飛ばしてしゃべりたてている。あげくは、

「それは民ではなくて、案外と貴方《あなた》の本音ではありませんかな？　中納言殿《ちゅうなごんどの》」

「何ですと？　それは許せぬ暴言ですな」

「おやおや、貴方は名門の出でありながら、先ごろ筑紫《つくし》の大弐《だいに》を仰《おお》せつけられたので、天皇さまを恨《うら》んでおられる、というのがもっぱらのうわさですよ」

「その方こそ、租税《そぜい》をごまかしていたのを天皇からとがめられたのを、いまだに根に持っているくせに！」

お互《たが》いに足の引っ張り合いをして、今にもつかみかからんばかりにののしり合っている。

いつものことだがお話にならぬ会議だ、と雄冬王はいいかげんうんざりしてきた。

こうした喧騒《けんそう》の中で、重鎮《じゅうちん》たる大臣《おおおみ》、矢田部大麻呂《やたべのおおまろ》はいかに、と見れば、大麻呂老人は白髪頭《しらがあたま》から頭巾《ときん》を落としそうに傾《かし》げ、やぎ鬚《ひげ》を朝服の襟《えり》に入れこんで、コックリと船《ふね》を漕《こ》いでいる。あきれたものだ。これがわが国の重臣たちとはな。

雄冬王は、さり気なく朝堂院《ちょうどういん》をすべり出た。

だれかがまた、無遠慮《ぶえんりょ》な声をあげた。

「しかし、今の天皇《すめらみこと》さまにご退位《たいい》いただくとしても、天皇さまには緋皇女《あけのひめみこ》さまおひとりしかお子はおられぬ。おなごの天皇では今のこの国は治められまい。吾《あ》らとて女子に従《したが》うなどごめんこうむる」

「まことに。どこかに天皇にふさわしき男はいないものか。王弟でも皇族《こうぞく》の中にでも」

このあたりで、眠《ねむ》っていた大麻呂の片目《かため》がうっすらと開いた。

内裏《だいり》の御座所《ござしょ》で、天皇は届《とど》けられたばかりの、大寺の模型《もけい》を仔細《しさい》にながめていた。金堂、講堂、両端《りょうたん》に鐘堂《しょうどう》、鼓堂《こどう》を配した本格的な大伽藍《だいがらん》であり、渡来人《とらいじん》の建築家が作った精《せい》巧《こう》なものである。

「雄冬王さまがお見えになりました」

声かけがあって、お気に入りの甥《おい》が入ってきた。

「雄冬王、どうだね、この模型は。この鴟尾《しび》は唐《とう》の国で最新のものと同じなのだよ。ご覧《らん》、この屋根の勾配《こうばい》の優美《ゆうび》なこと。この寺を見れば国中はおろか新羅《しらぎ》、唐の者すらも感嘆《かんたん》するにちがいない。尊《とうと》い御仏《みほとけ》の御像《おぞう》にふさわしい、すばらしい寺になるだろう」

雄冬王はまことに、と頭を下げた。しかしながら、天皇《すめらみこと》は眉《まゆ》をくもらせ、

「そうは言っても、工事がなかなか進まぬのが現状なのだよ。徴税《ちょうぜい》がうまくいかず、資金が足りない。朝臣《あそん》の中にも普請《ふしん》を中止すべきであると言う者もいてね。雄冬王、朕《ちん》は御仏の教えのもとに富めるも貧しきも心をひとつにすることが大切と考え、願っているのだよ。旧来の人心にない、はっきりとした倫理《りんり》を、仏教がもたらしてくれると信じているのだ。なぜ、皆《みな》それを分かってくれぬのか……」

「はい……。陛下《へいか》の高いお志は、まこと尊いことと存《ぞん》じます」

口ごもりながら答えたものの、雄冬王は先ほど聞いた農民の話や、朝臣たちのていたらくを思い出し、本当は模型《もけい》などぶち壊《こわ》してしまいたかった。

しかし、ため息まじりに話す天皇の顔色が、ひどく冴《さ》えないのを見ると、「陛下はどこかお悪いのではないか」と思い、

「まことにそれは尊いお心と存じます。この大和の国はまだ、『いできはじめ』の国。民《みん》臣《しん》心をひとつにして繁栄《はんえい》させることこそ、大切でございます。しかしそのためには、まず

律令《りつりょう》（法律《ほうりつ》）を見直す必要があると存《ぞん》じます」

と、言うにとどめた。

「そのこともそうだが、……朕《ちん》にはもっと深いなやみごとがあるのだよ」

「何事でございましょうか」

天皇《すめらみこと》はさり気なく左右を確かめると、声を落とし、

「これは、そなただけを信頼《しんらい》して話すのだ。……じつは、朕はこのところ体力に自信が持てなくてね。今のうちに跡継《あとつ》ぎを立てておきたいと思うのだ。そなたも知ってのとおり、朕は世継《よつ》ぎの皇子《おうじ》たちを次々と亡《な》くした。もう皇女《ひめみこ》しかおらぬ。朕は緋皇女を、正式に皇《こう》太子《たいし》に立てたいと思っているのだ。……しかし、これにもまた朝臣《あそん》たちの反発があってね」

ひとしきり嘆息《たんそく》する。

「さようでしたか。やはり、皇女さまを」

雄冬王は、美人だが男まさりの従妹《いとこ》の顔を思《おも》い浮《う》かべると、なんとなく微笑《ほほえ》まれて、

「お気になさることはあるまいと存じます。陛下《へいか》のご意志にだれが逆らえましょう。それに、緋皇女さまは人なみ優《すぐ》れて怜悧《れいり》で英明なお方です。そこいらの君などよりよほど気骨《きこつ》

もおありです。緋皇女さまは立派《りっぱ》な天皇《すめらみこと》となられましょう。そうなれば、臣《おみ》は生涯《しょうがい》かけて皇女《ひめみこ》さまの御代《みよ》をお支えしたいと思います」

「ありがとう、雄冬王。そなたが頼《たよ》りだよ」


「これは、これは。すばらしい模型《もけい》ですな。できあがりが楽しみです。さぞや麗《うるわ》しい、わが国の象徴《しょうちょう》たる壮麗《そうれい》な大寺院となりましょう」

ちょこちょこと小柄《こがら》な老人、大麻呂が入ってきた。

「分かってくれるか、大麻呂よ。朕《ちん》はこの寺に唐よりの高僧《こうそう》を迎《むか》え、今までのさまざまな仏教の宗派《しゅうは》を超《こ》える国分寺としたいのだ。ひとつの戒律《かいりつ》のもとにこの国をひとつにしたいと思う」

大麻呂は拝礼《はいれい》し、

「尊《とうと》いお心でございます。この大麻呂も信心にかけては陛下《へいか》に引けはとりません。御仏《みほとけ》のお力をお信じなさいませ。この寺は必ずや国の宝《たから》となりましょう」

と、人のよさそうな笑みを浮《う》かべて言った。

ややあって、雄冬王と大麻呂はともに御前《おんまえ》を辞した。

初夏の、おそい夕陽《ゆうひ》が御殿《ごてん》の柱の朱《しゅ》の色をいっそうあざやかに染《そ》めあげている。どこか熱のこもった空気、むし暑い梅雨《つゆ》ももう間近なのだろうか。

朝臣《あそん》たちも解散したのか、ひと気もない登城道《とじょうみち》を朱雀門《すざくもん》に向かって、ふたりは白い玉砂利《たまじゃり》の上を並《なら》んで歩く。雄冬王が大麻呂に問いかけた。

「大麻呂殿《どの》、先ほどの寺のことですが、あの朝臣たちの反発ぶり、また、民《たみ》の窮乏《きゅうぼう》や国司郡司の無軌道《むきどう》ぶりは報告書にも上がっているはず。朝臣の長たる大麻呂殿がなぜ、寺の普請《ふしん》取りやめを進言なさらぬのですか？」

大麻呂は立ちどまり、これはおもしろいことを、というように相手を見返した。

「天皇《すめらみこと》の甥御《おいご》である貴方《あなた》がご存知《ぞんじ》ないとは、情けないことを。陛下《へいか》があれほど多くの寺を建てられたのは、じつは亡《な》くなられた皇子《おうじ》さま方へのご供養《くよう》のためですぞ」

「……供養」

「子を持たぬ貴方には、お分かりになるまい。この大麻呂にも多くの子がおります。しかし、そのひとりでも失ったなら……その悲しみは計り知れません。子を失った父親としての陛下のお嘆《なげ》きを、どうして止《や》めろ、などと言えるでしょうか」

「…………」

「陛下《へいか》は純粋《じゅんすい》なお方です。今はそのようなことを言ってもご理解はなさいませんよ。なに、臣《おみ》たちだとて本気で言っているわけではない。天皇《すめらみこと》さまのお心も皆《みな》、じゅうぶん分かっておるのですからね」

そして、そういえば、と言葉を継《つ》いだ。

「雄冬王殿《どの》は例の〝物言わずの姫王《おおきみ》〟を妻になさるのでしたな。なぜあの娘《むすめ》を？　貴方《あなた》ならもっと有力者の、かつ美しい姫君《ひめぎみ》を妻にできるのに。口がきけぬのを哀《あわ》れんでのことですかな？」

雄冬王は相手の目を見つめ、一瞬間《いっしゅんま》をおいて言った。

「愛《いと》しきゆえ」

大麻呂もまた、一瞬の間をおき、

「……それは良かった。あの姫王の亡《な》き父親とは昔親交がありましてな。あの娘のことをわが娘のように思っているのです。どうか音琴姫王《おとのことのおおきみ》を末永く愛おしんでくだされよ」

そう言って、ポンポンと雄冬王の肩のあたりを軽くたたき、ぬけた歯の隙間《すきま》からふぉっふぉっ、と気の漏《も》れるような笑い声を残しながら、待たせている輿《こし》の方へ歩み去っていった。

「純粋《じゅんすい》な主君に、お人好《ひとよ》しめいた大臣《おおおみ》か……」

やれやれと、雄冬王がきびすを返そうとしたところ、ふと大麻呂の輿《こし》の横に立つ人物に気づいた。幻恍上人《げんこうしょうにん》であった。

后《きさき》の病を治した功績で今や時の人である。笑いながら大麻呂とあいさつを交《か》わすようすはかなり親しげだ。

時の権力者《けんりょくしゃ》と天皇《すめらみこと》の信頼《しんらい》あつい高僧《こうそう》。当然のことと言えば当然だろうが、と雄冬王は思う。なんとなく引っかかるものがある。なぜだろう。

雄冬王の眉間《みけん》のしわがまた、いちだんと深くなった。


陽《ひ》が沈《しず》み、后の館にも夕影《ゆうかげ》が漂《ただよ》いはじめた。その中に卯《う》の花《はな》がほのぼのと白く咲《さ》きこぼれている。

——以前のわたしだったら、こんなさまをすぐに歌にしたものだわ。でも、今は……。

音琴《おとこと》は思う。もう無心には歌えないのかもしれない、と。

まだ正式にではないが、雄冬王と結婚《けっこん》したものの、彼女《かのじょ》の暮《く》らしに格別の変わりがあったわけではない。雄冬王に「住め」と与《あた》えられた家から后《きさき》の館に通い、変わらぬ勤《つと》めをしているだけである。

急いで家移りさせたくせに、雄冬王自身はいっこうに顔を見せない。

――結婚《けっこん》って、こんなものかしら？

音琴は夕闇《ゆうやみ》に沈《しず》んでいく白い花を見るともなしに見ていた。

なぜ、雄冬王は自分に妻問いをしたのだろう。雄冬王が何を考えているのか、どういう人なのか、それさえも自分には分からない。そんなもやもやした気分をかかえている。それも嫌《いや》だった。

――ああ、いけない。そろそろお后さまのお部屋に宵《よい》の明かりを灯《とも》しに行かなくては。

種火を持って、后の部屋に向かう音琴の足が、部屋の前でピタリと止まった。

あたりには甘《あま》だるい香の匂《にお》いが漂《ただよ》っている。また后の部屋に幻恍法師、いや今は出世した幻恍上人が来ているのだ。

幻恍が祈禱《きとう》のたびに焚《た》く香の匂い。この香をかぐと、音琴は気分が悪くなり、吐《は》き気《け》がする。何か麻薬《まやく》でも混ぜてあるのではないか、と思う。

快復はしたものの逆に、后《きさき》はいっそう幻恍への信頼《しんらい》というか依存《いそん》を強くしてしまった。以来、夜となく昼となく不安を感じるたびに、后は幻恍を呼《よ》びよせ、祈禱《きとう》をさせる。つまり幻恍なくしては夜も日も明けぬ、といったところなのである。

音琴は一瞬《いっしゅん》引き返そうか、とも思ったが、思いなおして妻戸を軽くたたいた。応答はない。いぶかしく思いながら、少し戸を押《お》し開《ひら》いて中をのぞいた。とたんに凍《こお》りついた。

薄暗《うすぐら》い部屋の中で、幻恍と后が寝台《しんだい》に腰《こし》かけて抱《だ》き合《あ》っている。

香のせいか后の目はうっとりと遠くを見ているようである。幻恍は后を抱きかかえるようにして、その耳元で何事かささやいている。ただならぬ光景に、音琴は思わず扉《とびら》の外にしゃがみこんでしまった。見てはならないものを見た、と思った。

声が消えぎえに聞こえてくる。

「……じつは先日勤行《ごんぎょう》に励《はげ》んでいたところ、御仏《みほとけ》が香の煙《けむり》の中にお立ちになり、拙僧《せっそう》にこうお告げになりました。天皇《すめらみこと》さまはご病気になり、この国はたいへんなことになると」

「……なんと、ご病気？　そういえばこのところお顔の色も優《すぐ》れず、時々は吐《は》きもどしなさるとか、女官から聞いたような……でも……仏さまが？」

答える后《きさき》の声は、うわ言めいて頼《たよ》りない。

「はい、そのご病気の原因は仏心が足りないことからきている、と……」

「そのような……あれほど信心深い天皇《すめらみこと》は今までにいなかったくらいなのに」

「いいえ、お聞きください。御仏《みほとけ》が、天皇さまは前世では天竺《てんじく》の高僧《こうそう》であられたものを、今生《こんじょう》では天皇となられたのがまちがいであった、とおっしゃったのです。それが病となって現れるのだと」

「……なんと……陛下《へいか》が？　……前世で？」

「はい、前世の僧は修行《しゅぎょう》なかばであって、まだ悟《さと》りを開かぬままであった。それゆえ、天皇さまが御位《みくらい》を降《お》りて出家なされ、修行なされば病はたちどころに治るであろう……と」

「……本当に御仏が……。幻恍。それでは皇女《ひめみこ》に譲位《じょうい》をすれば……」

「いいえ、あいにくとおなごでは御仏のお心にかないませぬ。御仏の仰《おお》せではお血筋《ちすじ》の男子がいるはずゆえ、その者に、と。さすればこの国は安泰《あんたい》であろう、と。拙僧《せっそう》が考えますに、天皇さまの御弟《おんおとうと》、安羅皇子《やすらのみこ》さまなどをお示しになったのでは、と思われます。一日も早く安羅皇子さまにお譲《ゆず》りあそばすのがよろしいかと。お后さまからもご進言なさいませ」

「……ご譲位《じょうい》を、安羅皇子に……？　……いや、しかし……」

「いえ、これは天皇《すめらみこと》さまのお命に関わることでございますし、何より御仏《みほとけ》の御心《みこころ》にかなうこと。早速《さっそく》にも……こういたしましょう……」

後は何やら小声になって聞こえなくなった。

頭の中が真っ白になり、音琴は、はじかれたように扉《とびら》から離《はな》れて逃《に》げた。

胸《むね》が早鐘《はやがね》を打っている。

たいへんなことを聞いてしまった。

——わたしは何を聞いたのだろう。あれがお后《きさき》さまの主治医の言うことだろうか。……天皇さまをお降《お》ろしして皇弟《こうてい》さまに譲位をおすすめする？

それは……天皇さまへの謀反《むほん》ではないのか？

6　雄冬王《おふゆおう》

まだ胸《むね》がドキドキしている。

あれから、逃《のが》れるように館を辞し、雄冬王からもらった家に逃げ帰《にかえ》った。

——幻恍上人《げんこうしょうにん》とはいったい何者なのだろうか。天皇《すめらみこと》さまと皇女《ひめみこ》さまをお降《お》ろしして、皇《こう》弟殿下《ていでんか》を御位《みくらい》につけよとお后《きさき》さまをそそのかすなど。とんでもなく恐《おそ》ろしいことだわ。

御仏《みほとけ》うんぬんなんて、あきらかに嘘《うそ》。でも、お后さまがあれをお信じになったらどうしよう。

皇弟安羅皇子《やすらのみこ》は天皇の腹《はら》ちがいのご兄弟ではあるし、実際女帝《じょてい》の冊立《さくりつ》に反対する朝臣《あそん》も多いと聞く。もしもそんなことになったら、緋皇女《あけのひめみこ》さまのお立場はどうなるのか。

どうしたらいいのだろう。だれかに相談しようか。皇女さまは？

……だめだわ。皇女さまは、伊勢神宮《いせじんぐう》にお参りに行っていらして、今はお留守。

それでは大臣《おおおみ》、矢田部大麻呂《やたべのおおまろ》さまは？　いつも何かあったら来なさい、とおっしゃってくださっているから……。

ああ、でもいっそのことこのまま夜具を引きかぶり眠《ねむ》って、すべてを忘《わす》れる方がいいのかも。どうせわたしなどに何もできはしないのだもの。


気がつけば、明かりもつけずにいたので、開け放った縁側《えんがわ》から部屋の中にまで、蛍《ほたる》が光の尾《お》を引いてまたたきながら飛びかかっている。

雄冬王から与《あた》えられたこの小さな館は、内裏《だいり》にほど近い佐保川《さほがわ》のほとりの、目立たぬ場所にある。

家司《けいし》がひとり、雑使女《ぞうしめ》（下女）ふたり、雑色《ぞうしき》（下男）もふたりつけてくれた。こうして家を与えられ、妻問いされれば婚儀《こんぎ》などしなくても、事実上の夫婦《ふうふ》と言っても良い。

音琴《おとこと》も最初のうちは、いつそういうことになるのかと毎晩恐《まいばんおそ》れ、緊張《きんちょう》していた。しかし、雄冬王はいっこうに訪《たず》ねてこない。いったい雄冬王は、何のためにわたしを妻になどしたのか。やっぱりあれはその場の座興《ざきょう》だったにちがいない。雄冬王は、わたしのことなどなんとも思ってはいないのだ。

ただのたわむれで妻にされて、一生かえりみられることもなく……そうなったらわたしは……この先もこんなみじめさを抱《かか》えて生きていくことになるのか……。今まで以上に？

――いけない。

音琴は頭をふってそんな思いを払《はら》った。今考えなくてはならないことは、そんなことではない。

飛《と》び疲《つか》れたのか、一匹《ぴき》の蛍《ほたる》が袖《そで》にとまった。音琴は、息をするように明滅《めいめつ》する光を見つめていた。

いつの間にか夜も更《ふ》けていて、家の中はしんとして音もない。

音琴は手を伸《の》ばして小卓《しょうたく》の上に置かれた鈴《すず》を取り上げて、鳴らした。リンリンという涼《すず》やかな音が消えぬうちに、家司《けいし》が顔を出した。

「姫王《おおきみ》さま、ご用でございましょうか」

音琴は身ぶりで出かける旨《むね》を伝えた。

雑色に明かりを持たせ、暗く静まり返った都大路を、音琴は左京にある雄冬王の屋敷《やしき》目指して急いだ。

「帰りなさい」

居室の机《つくえ》に向かって何やら熱心に書き物をしていた雄冬王は、顔を上げようともしなかった。机の上には書類が山と積まれている。壁際《かべぎわ》にはぎっしりと本が詰《つ》めこまれた書棚《しょだな》がある。雄冬王は立ち上がると、筆を口にくわえたまま、その二、三巻《かん》をぬきとりながら、あきらかに不機嫌《ふきげん》な口調で言った。

「この夜ふけに、どうしたことか。女の方から男を訪《たず》ねるなど、はしたないことだ、とは思わなかったのかね?」

もじもじと裳《も》を手でもみながら、ずっと居室の戸口に立ったままだった音琴は、真っ赤になった。

――そんなことではありません!

音琴は思い切って、つかつかと机に向かうと、雄冬王を押《お》しのけて、その口から筆をひったくった。

「何をしようというのだ。吾《あれ》は今……」

音琴は無視《むし》してそこにあった紙に書きつけた。

「じつはたいへんなことを見聞きしたので、ご相談に来たのです」

「たいへんなこと?」

音琴はうなずいて大急ぎで后《きさき》の館であったことをすべてしたため、雄冬王の鼻先に突《つ》きつけた。

目を通す雄冬王の顔が、怪訝《けげん》なものからじょじょに険しいものに変わっていった。

「幻恍……か。なんとなくうさんくさい坊主《ぼうず》だとは思っていたが……」

読み終えてしばらくの間、雄冬王は眉間《みけん》にしわをよせて考えこんでいたが、やがて目を上げて音琴の顔をじっとながめ、口を開いた。

「そなたはこのことに関わってはならぬ。皇女《ひめみこ》にも申し上げるな。知らぬふりをしろ、というよりこのことは忘《わす》れなさい」

音琴はふたたび筆を取った。

「そんなことはできません。幻恍上人《しょうにん》のしたことは、天皇《すめらみこと》さまと皇女さまに対する裏切《うらぎ》りです。それを見逃《みのが》せというのですか?」

音琴は雄冬王ならば、何か有力な手が打てると思ったのだ。雄冬王はふっ、と息を吐《は》き、少しかすれた声で言った。

「……青くさく、世間知らずなことだな。そなた、何年宮中仕えをしているのだ?」

——何ですって？

音琴はかっとした。相手はいつものように皮肉っぽいまなざしでこちらを見ている。

「大体、ただの采女《うねめ》にすぎぬそなたに何ができよう。吾《あれ》にしても証拠《しょうこ》もなしに何もできはせぬ。相手は今や天皇《すめらみこと》と后《きさき》から絶大な信頼《しんらい》を得ている高僧《こうそう》だぞ。うかつに手を出せば吾の地位とて危《あや》ういものだ」

肩《かた》をすくめてそう言うと、雄冬王は音琴が書いた紙を灯明の上にかざした。紙は少しの間燻《くすぶ》っていたがパッと燃えあがり、くるくると縮《ちぢ》まってあっけない炎《ほのお》となって消えてしまった。

音琴は失望した。

——あんなにも天皇さまにかわいがられ、皇室《こうしつ》のために働いていると思ったのに。自分の保身のためには、謀反《むほん》を見逃《みのが》すというのね。なんという日和見主義《ひよりみしゅぎ》なの。雄冬王がこんな人だとは思わなかったわ！

バン！　音琴は、雄冬王を睨《にら》みながら机《つくえ》をたたいた。

バン！　バン！　バン！

何度も、何度もたたいた。自分は抗議《こうぎ》しているのだ、と言いたかった。しかし雄冬王はそれにも「やれやれ、分かった、分かった」というように、そっと音琴の手を取る。

「気持ちは分からぬではないが。とにかくそなたのような子どもには無理だ。宮廷《きゅうてい》の厄介《やっかい》ごとに首をつっこむのは、危険《きけん》なことだ。何が起こっても、そなたは目をつぶって今まで通り后《きさき》に仕えておれば良い。……さて、もう夜もおそい。吾《あれ》が送っていくから、もう家に帰るのだ」


雄冬王は音琴を駒《こま》に乗せると、自分はその後ろにまたがった。明かりを持った雑色に先導させ、駒をゆったりと歩ませていく。雨を含《ふく》んでいるのか、朧《おぼろ》にかすんだ満月が家々の屋根や木立を淡《あわ》く照らしている。

ふたりを乗せた駒は、睡蓮《すいれん》の花がぽっかりと、夢のように咲《さ》いている池のほとりを過ぎていった。ふと見ると、朧の月と、道の常夜灯に照らされたふたりの姿《すがた》が、池の水面《みなも》にゆらゆらと映《うつ》っている。後ろから雄冬王に抱《だ》きすくめられているようで、音琴はなんとも居《い》心地《ごこち》が悪かった。まだとげとげしく、腹《はら》が立っていたからだ。

雄冬王も黙《だま》ったままであったが、つと手を伸《の》ばすと、音琴の髪《かみ》から何かをつまみ上げた。蛍《ほたる》だった。

「何か光っていると思ったら、いったいどこからくっつけてきたのだ？　さすが言霊《ことだま》の歌人だな」

蛍《ほたる》を示して、さもおかしそうに言う。

音琴は、虫を頭にくっつけているのも確かめずに、それほどなりふりかまわずに雄冬王の屋敷《やしき》に行ったことが、自分でも恥《は》ずかしく、腹立《はらだ》たしくもあって、蛍を払《はら》いのけた。

――簪《かんざし》の代わりに小さな星をさしているのかと思ったよ。

雄冬王はじつはそんな風に言いたかったのである。星が降《お》りてきてもおかしくないほど純粋《じゅんすい》で無垢《むく》なところが好きだよ、と。

しかし、雄冬王はそれ以上、補《おぎな》う言葉を思いつかなかった。

緋皇女の言うように、やっぱりこの男は本当に女性には不器用で、口べたなのかもしれない。

蛍は、つうっと光の尾《お》を引いて飛んでいった。馬上のふたりは黙《もく》したまま、その光をともに目で追っていた。

行きは遠く感じた道も、そう遠い距離《きょり》でもなかったのか、すぐに家に着いてしまった。

雄冬王は音琴を降《お》ろすと、また駒《こま》に乗り「それでは、お休み」と、背《せ》を向ける。音琴は、はっと我《われ》に返った。

――何なの？　これは。やっぱり雄冬王さまにとってわたしなど関心もない、その場の座興《ざきょう》で妻にしただけの女なのだわ。だからわたしの必死な願いにも応えてくれないのだわ……。

音琴は去ってゆく男の後《うし》ろ姿《すがた》に向かって、声を張って詠《よ》みかけた。

「木石《ぼくせき》の　さあるがごとく
　　心なき
　　　君が背に照る　月も色なし」

（木や石がそうであるように、心がないのですね、貴方《あなた》は。あまりの無情さに、その背を照らす月の光も、色を失ったみたいですよ）

すると雄冬王はふり返り、さも愉快《ゆかい》そうに歌を詠み返してきた。

「池にうつる
　朧《おぼろ》の月を　取らましと
　　乞《こ》ふ吾妹子《わぎもこ》の　幼《おさな》さかなし」

(池に映《うつ》った朧月を取れとねだるような、わが妻の幼いことが悲しくいとおしい)

後《うし》ろ姿《すがた》のまま手をふり、それきりふり向きもせず行ってしまった。

憤懣《ふんまん》やるかたない音琴だったが、少し変だと思ったのは、雄冬王が屋敷《やしき》とは違《ちが》う方角の角を回っていったことだった。

――あれは朱雀門《すざくもん》の方ではないか？　道をおまちがえだわ。

そう思ったが、出迎《でむか》えの家司《けいし》が、もう戸を閉《し》めますので、と言うのにまぎれて深くは考えなかった。

雄冬王が遣唐使《けんとうし》として唐《とう》に行く、と知らされたのはその三日後だった。

「音琴は知らなかったのか？　そなたは雄冬の妻であるのに。……もっとも雄冬の唐行きは急に決まったことだ。何でも唐の皇帝《こうてい》に謁見《えっけん》するためだそうな」

緋皇女から聞かされて、音琴はおどろいた、というより情けなかった。そんな重大事を知らされない妻なんて、あるのだろうか。

「出発は十日後だそうだ。準備に忙《いそが》しくて、そなたに告げる暇《ひま》がなかったのだろう。まあ、そうしょげるな」

皇女《ひめみこ》になぐさめられても、それに答える歌も出てこないのだった。


ようやく雄冬王に会えたのは、彼《かれ》が后《きさき》に暇乞《いとまご》いをするため、館に来た時であった。回廊《かいろう》で偶然《ぐうぜん》出くわさなかったら、はたして雄冬王は自分の所へあいさつに来ただろうか、と音琴は思う。

ふたりは雨の降《ふ》り続《つづ》く庭を見下ろす廊の上で、立ち話のまま別れのあいさつを交《か》わした。雄冬王はいつものようにかんたんに、

「急なことだったが、これも仕事だ。しばらく会えないが、堅固《けんご》で」

ここで少し身をよせて小声になった。

「留守の間、軽々しいふるまいは厳禁《げんきん》。この雄冬の妻として、大人しくしていなさい」

音琴はまたもや、腹《はら》が立ってきた。この人はどこまで……。
――どういうことかしら、大人しく、なんて。それは確かに、わたしより十は年かさでいらっしゃるし、わたしも頼《たよ》りない意気地《いくじ》なしではあるけど。でも、こんな上から目線で言われるほどではないわ。わたしにだって女としての誇《ほこ》りはあるわ。

「遠くあれば
　恨《うら》みもすまじ　八重波《やえなみ》を
　　へだつる人を　恋《こ》はんとはせじ」

（遠くにいれば恨むことなどありませんわ。ふだんから八重波を立てて、わたしを遠ざけている人なんて、だれが恋《こ》い慕《した》うものですか）

音琴はさっと裳《も》をひるがえすと、沓音《くつおと》を立てて歩き去った。残された雄冬王は、苦笑いをしてその後《うし》ろ姿《すがた》を見送った。雨は音もなく池に咲《さ》く蓮《はす》の花をぬらしていた。

当時の遣唐使《けんとうし》の旅程は、奈良から唐の都長安《ちょうあん》まで最短十日かかった。平城京《へいじょうきょう》から和泉国《いずみのくに》住吉津《すみよしづ》まで陸路。住吉から出港し難波津《なにわづ》を経て瀬戸内海《せとないかい》の島伝いに九州筑紫《つくし》に至《いた》る。筑紫《つくし》那大津《なのおおつ》を出て東シナ海を航海する。

今は新羅《しらぎ》との関係が良くないことから、朝鮮半島《ちょうせんはんとう》の南を回り、揚子江《ようすこう》の河口、登州《とうしゅう》から唐に入り、首都長安に至る。

順調であればこの日数だが、潮待《しおま》ち、風待ちをすると何十日、何か月と期間が延《の》びる。潮に流されて、一年かけて帰ってきた遣唐使団《けんとうしだん》もあった。嵐《あらし》で遭難《そうなん》、難破の危険性《きけんせい》もある。

現に今までに何隻《なんせき》もの船、何百という人が海に沈《しず》んでいる。つまり遣唐使とは時間も読めず、命の保証もない、成功率は八割《わり》という任務である。

ひと月ほどたった半夏生《はんげしょう》の日。

天皇《すめらみこと》の御前《おんまえ》で大使、副使、判官はじめ遣唐使団、留学生、留学僧《りゅうがくそう》が居並《いなら》び、天皇から使節団に刀をたまわる、「節刀《せっとう》の儀《ぎ》」がとり行われ、使節団は奈良の都を後にした。

天皇の名代として、難波津まで見送りをするという皇女《ひめみこ》に誘《さそ》われて、音琴も大勢の舎人《とねり》、采女《うねめ》にまじりついていくことにした。

遣唐使団《けんとうしだん》はこれをかぎり、と大和三山《やまとさんざん》である天香具山《あまのかぐやま》、耳成山《みみなしやま》、畝傍山《うねびやま》を遠目に見ながら、皇女《ひめみこ》の行列とともに野中の道を行く。初瀬《はせ》、桜井《さくらい》、橿原《かしはら》を過ぎ、當麻《たいま》で一泊《ぱく》。翌朝《よくあさ》早くから葛城山《かつらぎさん》と金剛山《こんごうさん》の間をぬけ、摂津《せっつ》の国、和泉《いずみ》の国に続く峠《とうげ》を越《こ》えた。大道《おおみち》。竹内街道《たけのうちかいどう》とよばれるこの街道は、その昔聖徳太子《しょうとくたいし》によって作られたという日本最古の官道である。

やがて目の前に海が開け、住吉津に着くと、海の神である住吉宮《すみよしぐう》で航路の無事を祈願《きがん》、祓《はら》いを受ける。住吉の神の御分霊《ごぶんれい》をいただき舳先《へさき》に祀《まつ》ると、使節団の乗船が始まった。

今回の遣唐使船は四隻《せき》。使節団をはじめ、通訳《つうやく》、医師、神官、陰陽師《おんみょうじ》、留学生、留学《りゅうがく》僧《そう》、船人はもとより、海上での襲撃《しゅうげき》に備えて、射手《いて》。風のない時には手漕《てこ》ぎになるので、水手《かこ》もいる。

総勢六百人あまりの遣唐使団が四隻に分かれて乗りこむと、いよいよ出帆《しゅっぱん》である。

赤と白に塗《ぬ》られた全長三十メートル、幅《はば》七、八メートルの船体。大きな帆柱《ほばしら》が二本そびえ、高くかかげた船首が特徴《とくちょう》である。甲板《かんぱん》には、大使らが住まう立派《りっぱ》な屋形が備えられていて、さながら水に浮《う》かぶ屋敷《やしき》のようだ。

初めて見る偉大《いだい》な船に、そして、初めて見る海に音琴は目を見はった。朝貢品《ちょうこうひん》などの荷が運びこまれ、人々が次々とはしけから大きな船に乗りうつっていく。まわりには別れを惜《お》しむ人たちが、まだ大勢立ちよどんでいる。

若《わか》い息子《むすこ》を送り出す親、夫婦《ふうふ》、恋人《こいびと》たち。父親と家族。皆《みな》が泣き、別れを惜しむ。官僚《かんりょう》、大使らが最後に船に乗りこむ。音琴は、その中に雄冬王を見つけた。

雄冬王は遠目にて皇女《ひめみこ》に拝礼《はいれい》し、その横に立つ音琴にもちらりと視線《しせん》を投げかけ軽く会釈《えしゃく》をした。音琴もぎこちなく礼を返した。しかしそれだけであった。雄冬王はそのまま黙《だま》ってはしけから、はしごを登って船上の屋形に入っていった。

もしかしたらこのまま帰ってこないかもしれない旅、これが見納《みおさ》めになるかもしれない姿《すがた》……。そばにいた若い娘《むすめ》が恋人を思ってか、わっ、と泣きくずれた。

音琴は急に、別れの時、雄冬王にあんなひどい歌を詠《よ》んだことが悔《く》やまれた。

「錨《いかり》を上げよ。帆《ほ》を張れ！」

船事《せんじ》（船長）の号令とともに、大きな錨が船人たちによって巻《ま》き上《あ》げられ、網代帆《あじろほ》がハタハタと引き下ろされる。風をはらんだ帆《ほ》がバン、とふくらんだ。

遣唐使船《けんとうしせん》の出帆《しゅっぱん》である。船はすべるように洋上を進みはじめた。

岸に立つ人々の間から、わあっと歓声《かんせい》があがる。皆《みな》が泣きながら、渚《なぎさ》を走りながら船を追い、必死に手をふる。女たちの袖《そで》や領巾《ひれ》が、ちぎれんばかりにうちふられるなか、遣唐使船はまず難波津に向かった。

音琴たちも難波津まで陸路をたどり、沖を進む船を遠目にも見送ることにした。目の下に難波津の湊《みなと》が見下ろせる丘《おか》の上から、遣唐使に向かって皇女《ひめみこ》が「真幸《まさき》くあれ！」と、祝福の言葉をかける。

遣唐使船の船上にも使節団が勢ぞろいして、見送る人々に手をふり、故郷《こきょう》に最後の別れを告げた。ここまで見送りに来た人々も皆、泣いた。

「音琴は何も申さぬのか、背《せ》の君《きみ》が行くのに？」

皇女が問うのに、音琴はうつむいて首を横にふった。

いつも人に向かって感情を露《あらわ》にすることのなかった自分が、どういうわけか雄冬王だけには、激《はげ》しい気持ちをぶつけてしまう。そんな自分にもとまどっていたのだった。

ただ心の中で、こう歌った。

「八重波《やえなみ》の　しぶきに濡《ぬ》るる
　　君が袖《そで》　真幸《まさき》くあれて
　　　情《こころ》こそ濡れ」

（幾重《いくえ》もの波に貴方《あなた》の袖がぬれるように、行く手の幸運を祈《いの》り、わたしの心は泣いています）

どうしたことだろう。全然好きでもない人がいないことがさびしいなんて。ひとりぼっちの時にはこんなさびしさは感じなかったのに。

青い海の上を白い帆《ほ》はぐんぐんと遠くなり、やがて島影《しまかげ》にかくれて見えなくなった。

第二章

陰《いん》謀《ぼう》の中で

7　謎《なぞ》の僧《そう》

やがて見送りも終わり、人々は三々五々散っていった。

このまま都に帰るのも惜《お》しい、「難波津《なにわづ》の湊《みなと》見物をしましょう」と、若い采女《うねめ》たちが言い出し、皇女《ひめみこ》とその一行は湊に降《お》りることにした。

難波津の湊は大きく、たいそうににぎわっている。

ここは大陸から畿内《きない》への玄関口《げんかんぐち》であり、一番新しい輸入品が手に入るのである。錦《にしき》、絹布《けんぷ》、装身具《そうしんぐ》や化粧品《けしょうひん》。輸入菓子《がし》まで商《あきな》う露店《ろてん》が並んでいる。都よりも安く品ぞろえも豊富とあって、采女たちは歓声《かんせい》をあげて露店にむらがった。皇女までも、めずらしげにのぞいては、皆《みな》にあれこれと見たててやっている。

音琴《おとこと》は初めて見る湊の光景に目を奪《うば》われていた。

湊中に、筵《むしろ》につつまれた大きな積み荷が山と積みあげられている。タル、カメ、カゴに入ったもの。生きたニワトリや孔雀《くじゃく》、小鳥の入ったカゴ。馬も数頭、つながれたまま飼葉を食《は》んでいる。みんな唐渡《からわた》りの大駒《おおごま》である。

その間を縫《ぬ》って、大勢の男たちが声を張りあげ、荷下ろしをしては、車に乗せた荷を運んでいく。露天商《ろてんしょう》の客よせの声。魚など海のものを抱《かか》えた女子どももまじって、ここは都では見られぬ生き生きとしたにぎわいがある。

湾内《わんない》にはたくさんの荷船《にぶね》や漁船。沖に停泊《ていはく》した大型の異国《いこく》の船からは、大勢の人々がはしけで降《お》りてくる。たちまち桟橋《さんばし》はさまざまな人たちでいっぱいになってしまった。

唐、新羅《しらぎ》、渤海《ぼっかい》。もっと遠い西域《せいいき》やそのまた遠くから来たのだろう、白い肌《はだ》に赤い髪《かみ》の人、黒い肌の人々もいる。あたりをめずらしそうにながめている、頭にターバンを巻《ま》いた茶色の肌の人々。

これから平城京《へいじょうきょう》へ向かうらしい唐僧《とうそう》たちの一団が、声高《こわだか》に何か話している。客人のほとんどが、奈良の都でさまざまな技術を教えたり、商《あきな》いをしに行くのだ。本当に今の奈良の都は国際都市である。

聞きなれぬ異国の言葉に囲まれ、異国人のめずらしい顔かたち、装《よそお》いに気を取られていた音琴は、いつの間にか皇女《ひめみこ》たちの一行からずいぶんと遅《おく》れてしまった。

――いけない。急がないと……。

足を速めると、危《あや》うく足元に落ちていたものを踏《ふ》みそうになった。

拾いあげてみれば、それは菩提樹《ぼだいじゅ》の実を連ねた数珠《じゅず》であった。どうも前を行く異国《いこく》の僧《そう》が落としたものらしかった。追いかけて渡《わた》そうとしたが、自分には声をかけることもできない。どうしようか、とためらっているうちに、その僧の連れが気づいてくれた。

「お師匠《ししょう》さま。どこかのお嬢《じょう》さまがお師匠さまの数珠を……」

と、連れに告げる。お師匠さまと呼《よ》ばれた人がゆっくりとふり向いた。音琴は、はっとした。その人の両目が固く閉《と》ざされており、連れの少年僧の肩《かた》に軽く手をかけていたからだった。

――お目が不自由でいらっしゃるのだわ。

音琴は異国人を身近に知らないので、どうしようか迷ったが、おずおずと歌った。

「玉連は
　百の教えを　たまわれど

せんわ）

（宝玉《ほうぎょく》をつづるように百もの尊《とうと》い教えを説くお坊《ぼう》さまでも、この一本の数珠《じゅず》を忘れては、いけま

このひと筋《すじ》の　玉な忘《わす》れそ」

異国《いこく》の僧《そう》はこれを聞き、にっこりと真っ白な歯並《はな》みを見せた。

「お嬢《じょう》さん。数珠を拾っていただき、ありがとうございました。それに、おどろきました。この遠国に来て、こんな美しい歌声を聞けるとは。貴女《あなた》は尊い光をお持ちだ。お嬢さん、貴女に良きことがありますように」

――日本語だわ！

びっくりしている音琴にそばの少年僧が得意げに言う。

「お師匠《ししょう》さまはどこの国の言葉でもお話しなさる。このお方はヴァジュラさまと申される、天竺《てんじく》（インド）から来られた賢人《けんじん》なのです」

――天竺？　そんな遠い所から？　……ヴァジュラさま？　……。

いかにも異国らしいその名の響《ひび》きが印象に残った。

確かに、目の前にいる人は東洋人とはあきらかに違《ちが》い、肌《はだ》は小麦色で、顔の彫《ほ》りも深

い。衣《ころも》にしても唐僧《とうそう》とはまるで違《ちが》う。うこん染《ぞ》め（黄色）の一枚《まい》の布をぐるぐると素肌《すはだ》に巻《ま》きつけただけで、端《はし》を袈裟《けさ》のように垂《た》らした簡素《かんそ》なものだった。

むき出しの片側《かたがわ》の上腕《じょうわん》と手首には金の腕輪《うでわ》。髪《かみ》は剃《そ》っておらず、頭の横で黄金の環《わ》でまとめ、後は太い三つ編みにして、右肩《みぎかた》に垂らしている。足にも黄金の足環が光り、裸足《はだし》に軽い革《かわ》のサンダル履《ば》きである。こんないでたちの僧侶《そうりょ》を見たのは初めてだった。

――でも、どことなく、はるか西からもたらされたという仏像のよう、と音琴は思った。

少年僧の方も同じ姿《すがた》だが、こちらは日本人だろう。まだ十一、二歳《さい》くらいの、くりくりとした目とわんぱくそうな口。ちょっと上を向いた鼻を、まだ自慢《じまん》げにひくひくさせている。

……が、音琴の後ろの方を見やると、

「あの、お姉さん。むこうからやってくる偉《えら》そうな坊さんたちを知ってるかい？　知ってたら教えてよ」

いきなりぞんざいな口調でたずねた。

音琴がその方を見ると、幻恍上人《げんこうしょうにん》が伴《とも》の一行を引きつれてこちらに歩いてくるところだった。金襴《きんらん》の袈裟《けさ》に、位の高い赤の衣《ころも》を着けた彼《かれ》は、大和《やまと》の国の僧侶《そうりょ》を代表して、唐からの僧たちを出迎《でむか》えに来たらしい。

音琴は少年僧に字が読めるか疑問《ぎもん》だったが、とっさにそのへんにあった細い棒《ぼう》きれで、地面に「幻恍上人」と書いた。

少年僧は頬《ほお》を引《ひ》き締《し》めてうなずくと、師匠《ししょう》のもとに駆《か》けより、何事か告げるようである。師匠の方もうなずいた。

「そこにおられるのは音琴姫王殿《おとのことのおおきみどの》ではありませんか？」

見つかりたくなかったのに、あいにくと幻恍の方から声をかけられてしまった。

――こんな所で会うなんて……。

しかたなくそちらに礼を返したものの、なんとか幻恍をかわしたいと、音琴はふたたびヴァジュラの方へ向き直った。けれどおどろいたことに、そこにいたはずのふたりの姿《すがた》はなかった。

――えっ!?　こんなにすぐにどこへ、お目が不自由なのに……？

音琴はあたりを見回した。

しかし、不思議なことに湊《みなと》の喧騒《けんそう》のどこにも、異国《いこく》の僧《そう》とその弟子《でし》の姿《すがた》はなかったのである。


幻恍は、例の不思議に光る目をして、こちらへと近づいてきた。

「これは、これは。音琴姫王殿《どの》、こんな所で、難波津には何用でおいでに？　おお、そうでしたな。遣唐使船《けんとうしせん》の、ご夫君、雄冬王《おふゆおう》さまのお見送りでしたな。新婚《しんこん》早々のお出ましとは、いやはや、おさびしいことで」

そう言って幻恍は身をよせてくる。音琴は内心寒気がした。なぜ、この人はわたしなどに話しかけるのだろう。

「いやいや、これはご無礼でしたかな？　しかし、他意はありません」

幻恍はここで咳《せき》ばらいをして、小声になると、いっそう身をよせてきた。

「お后《きさき》さまのお館では親しくお話もできませんでしたが、じつは、拙僧《せっそう》は姫王殿の亡《な》きお父上、灘王《なだのおう》さまとはお互《たが》い昔唐で留学生、留学僧として親しくさせていただきました」

音琴はおどろいた。

——本当だろうか。父上がこの幻恍上人と？　……親しかった？

「……はい、それゆえ亡《な》くなられたと聞いた時は、なんとも残念なことになった、とこの幻恍も心を痛《いた》めたものでした。そのころは姫王殿《おおきみどの》はまだほんの幼少《ようしょう》であられたでしょうが、お父上のことは覚えておられるかな？」

音琴の顔をのぞきこむようにして言った。音琴は頭をふった。

——わたしは父上のお顔さえ覚えていない。父上が亡くなったのも不幸な事故で亡くなられたのだ、と母上から聞かされただけ……。

幻恍はなぜか、疑《うたが》わしげに音琴を見ていたが、

「さようか、それなればなおさらに、お父上のことを貴女《あなた》に教えたく思います。灘王さまはたいへん優《すぐ》れたお方で、勉強熱心で、唐でさまざまなことを学ばれた。ついには道教の中でも大和では禁じられている仙道《せんどう》までも学ばれた、といううわささえありました。そんなことまでは貴女はご存知《ぞんじ》ないでしょうね？」

——何ですって？　神祇伯《じんぎはく》だった父上が唐で道教、仙道を？　そんな……ありえないことだわ。

確か、仙術《せんじゅつ》は文武天皇《もんむてんのう》のみぎり、役行者《えんのぎょうじゃ》小角《おづぬ》が人々を惑《まど》わしたとして罰《ばっ》せられ、伊豆《いず》に

流されて以来、国内では禁止されている。それなのに父上が、大和の神々にお仕えしている身で、そんな異国《いこく》の修行《しゅぎょう》をしていたと？

「信じられないでしょうな。仙道《せんどう》の修行とは、道教の道《タオ》を極《きわ》めることにより、自分が仙という神になることなのですよ」

――幻恍の目が、いつか后《きさき》を治した時のようにらんらんと輝《かがや》きはじめた。しかし声はいっそうやわらかく、音琴は混乱《こんらん》し、頭がくらくらして吐《は》き気《け》をもよおしてきた。

「しかもなんと。修行していた寺から秘宝《ひほう》を持ち出し、密《ひそ》かに大和に持ち帰ったとか……。灘王さまが暗殺されたのも、じつはそのせいだったのではないか……と。このことはご存知《ぞんじ》でしたか？　もしかしたら、お父上の残された遺品《いひん》の中にそれらしき物はございませんでしたかな？」

それは顔を殴《なぐ》られたような衝撃《しょうげき》だった。音琴は、ただただ、頭をふり続けた。

――何ですって!?　父上が寺の宝《たから》を盗《ぬす》んだ？　……暗殺された？　どういうこと？

指先からさっと血の気が引くのが分かった。今や幻恍は、音琴におおいかぶさるように身をよせ、ささやくように言った。

「やれやれ、これは酷《こく》なことを申しましたかな？　なに、単なるうわさですよ。……しかし、貴女《あなた》の知らないお父上の一面を拙僧《せっそう》から教えてさしあげましょう。どうですか、一度ゆっくりとお話ししたいものだ」

音琴は全身から力がぬけて、そのままずるずると座《すわ》りこみそうになった。父上の死はただの事故ではない。暗殺、だれかに殺されたのだ。……いったいなぜ？　父上が宝物《たからもの》を盗《ぬす》んだから？　わたしの父上とは、そんな人だったのか？

「音琴、何をいたしておる。もう帰るぞ」

緋皇女《あけのひめみこ》の声が聞こえた。後ろに買い物を終えたらしい采女《うねめ》たちが並《なら》んでいる。

「どうしたのだ？　音琴、顔色が真っ青だぞ」

皇女がやってきてのぞきこむ。音琴は気力をふりしぼって必死に何でもないのだ、と身ぶりで伝えた。

――こんなことを皇女さまに知られたくない。父上のことをお知りになったら、うとまれるか、ご心配をかけるだけ……。

「これは、皇女さま……」

幻恍もうやうやしく皇女《ひめみこ》に礼をする。

「幻恍か、お前も難波津に？　そうか、唐からの僧《そう》たちを国分寺に出迎《でむか》えに来たのだな。ご苦労、大儀《たいぎ》である。唐の坊主《ぼうず》どもならむこうの桟橋《さんばし》でたむろしているぞ。待っているようだから、早く行くが良《い》い」

幻恍は皇女に向かい、ていねいに拝礼《はいれい》をし、音琴に一べつをくれると、船着き場で声高《こわだか》に何事かしゃべりながらあちこち見わたしている集団に向かって歩み去った。

「幻恍に何か嫌《いや》なことでも言われたのか？　吾《あれ》もなんとなくあの者が好きになれぬ」

皇女が幻恍の後《うし》ろ姿《すがた》をやや険しい目で追いながら言う。

「母上の御病《おんやまい》を治してくれた高僧だというのに、あの男には高僧らしい徳が感じられぬのだ。そなたもそう思うだろう音琴？　……そなた、どうしたのだ？」

音琴は皇女の袖《そで》を強くつかんだ。

一瞬《いっしゅん》、思い切って皇女に幻恍と后《きさき》のことを告げようか、と思ったのだ。

しかし、声が出ない。こんな時にとっさに素早《すばや》く話すことができない。

そのもどかしさを押《お》し殺《ころ》して、ふたたび頭をふるしかなかった。ふと雄冬王の言葉がよみがえった。

「そなたはこのことに関わってはならぬ。皇女《ひめみこ》にも申し上げるな。知らぬふりをしろ」

音琴はさびしくひとり微笑《ほほえ》んだ。そんな心配はしなくても、結局……申し上げようにもわたしには言う口がないのだ。

雄冬王が言ったことは本当だ。わたしにできることなんて何もない。


帰路、皇女を乗せた輿《こし》に従《したが》い、大勢の采女《うねめ》にまじって歩いた。

夕闇《ゆうやみ》の中、生駒山《いこまやま》が黒い影《かげ》となって沈《しず》んでいく。

幻恍の言葉もまた、よどみの澱《おり》のように音琴の心に沈んでいた。

——あれは本当のことなのだろうか。あんな怪《あや》しい不届《ふとど》き者《もの》の僧《そう》の言うことなど、でたらめに決まっている。でも……もし、本当だったら。

父の死、父の犯《おか》した罪。自分は罪人の娘《むすめ》なのか。自分が口をきけないのはその罪の報《むく》いなのか。それならば、幼《おさな》いころから「不吉《ふきつ》な子」と皆《みな》に嫌《きら》われていたのも当然のことだったのかもしれない。

わたしは罪を背負《せお》って生きている……。そんな人生だったのなら、いっそのことすぐにでも死んでしまいたい、と思った。心を失った体だけが、重い足を引きずって歩いていくようだった。

一行は古市《ふるいち》で宿りしてまた、ゆるゆると竹内街道《たけのうちかいどう》をたどった。

皇女《ひめみこ》の一行が都の入り口である羅城門《らじょうもん》をくぐったのは、黄昏《たそがれ》が青く変わり夜空に淡《あわ》く天の川がかかるころだった。

8 天竺寺《てんじくじ》

幻恍《げんこう》の寺は七条東一坊《ぼう》を少し入った所にある。大きな寺ではないが、幻恍が天皇《すめらみこと》からたまわったものである。

「奇妙山《きみょうざん》　暗福寺《あんぷくじ》」というその寺は、近所では「天竺寺」とか「補陀洛寺《ふだらくでら》」などとよばれている。見も知らぬどこか遠つ国の新しい宗派《しゅうは》の寺だろう、と皆《みな》が思っているのである。

暗福寺は山門こそふつうの様式だったが、他は一風変わった造りをしている。本堂は急角度の屋根、鋭《するど》くそった庇《ひさし》を持ち、しかも瓦《かわら》の色が黄、赤、緑に塗《ぬ》られていて、かなり派《は》手《で》である。

壁《かべ》という壁は黒く塗られ、扉《とびら》は極彩色《ごくさいしき》の装飾《そうしょく》が施《ほどこ》されているが、この扉が開かれているのを見た者はいない。

他の寺とは全く違《ちが》う、遠い異国《いこく》を思わせる異様さに加え、境内《けいだい》にはごつごつとした岩が置かれ、荒々《あらあら》しい深山の様相を呈《てい》している。

その山中に建つ本堂からは、例の甘《あま》だるい香の匂《にお》いが門のあたりまで漂《ただよ》ってきて、音琴《おとこと》は思わず顔をしかめた。

湊《みなと》で幻恍に会ってから、二十日ほどたった夏の日のことである。

音琴は后《きさき》から幻恍への贈《おく》り物《もの》を届《とど》けるように言いつけられてここまで来たのだった。幻恍と顔を合わせるのも嫌《いや》で断る口実を探《さが》したが、一方では父のことをもっと確かめたい気持ちもあった。

難波津《なにわづ》から帰って、音琴は父の遺品《いひん》を古櫃《ふるびつ》から取り出してみた。幻恍が言っていた、父が唐《とう》の寺から盗《ぬす》んだという秘宝《ひほう》とやらが本当にあるのかどうか探してみた。

しかし、やはりそれらしき物はない。寺宝というからには、お釈迦《しゃか》さまの仏舎利を納《おさ》めたとされる舎利塔《しゃりとう》のようなものではないか、と音琴は推測《すいそく》していたが、そんなものはない。

古い布でくるまれた箱も開けてみた。出てきたものは細長い棒のようなものだった。ところどころひび割《わ》れた、粗雑《そざつ》な漆塗《うるしぬ》りの、何か正体不明のものであった。

こんなものが、寺の秘宝《ひほう》とは思えない。やはり、幻恍の言葉はいつわりにちがいない。

……でも、もう一度確かめたい。


門衛に后《きさき》からの文《ふみ》を見せて中に通された。境内《けいだい》はしんとしてひと気もない。暑い夏の日。ギラギラする日ざしに、異様《いよう》な極彩色《ごくさいしき》の寺は真っ黒な影《かげ》を落としている。ただ、鳴くセミの声だけがやかましく聞こえ、僧《そう》の住まいである方丈《ほうじょう》も（これはふつうの建物である）ひと気もなく静まり返っている。

境内の異様さに、来なければ良かった、と少し後悔《こうかい》したが、しかたなく本堂の前に吊《つ》された銅鑼《どら》をたたいてみた。思いがけず大きな音が殷々《いんいん》と響《ひび》いて、音琴の胸《むね》はつぶれそうになった。


ややあって、本堂の扉《とびら》がきい、と開き、中から灰色《はいいろ》の衣《ころも》を着けた僧が、ひとりちょこちょこと出てきた。なんとなくネズミを思わせるその僧に、ふたたび后の文を見せる。

「本日は、お住職さまはお留守じゃ」

キイキイ声で、僧が答える。あの不気味な仏像が祀《まつ》られているのだろうか、とその背後《はいご》の本堂を透《す》かして見たが、中は真っ暗で何も見えない。人もこの僧《そう》の他にはだれもいないようであった。

音琴が預《あず》かった贈《おく》り物《もの》を僧にさし出すと、僧も無言でそれを受けとり、そのままするすると闇《やみ》の中に下がっていく。と、ぱたりと扉《とびら》が閉《と》じられた。

それっきりだった。音琴はふたたび炎熱《えんねつ》の中、セミの声につつまれて、ひとりそこに立っていた。どこがどうとも言えないのだが、自分が奇妙《きみょう》な世界に行っていたような感覚だけが残った。

——ここはまともな場所ではないわ。幻恍に会ってみようと思ったけれど、留守で良かった。さっさと帰ろう。こんなところに一瞬《いっしゅん》でもいたくない。

音琴はきびすを返し、急いで表へと向かった。

その足がふと止まったのは、岩陰《いわかげ》の間にちらちらと動く黄色い色が見えたからである。何だろう、と目をこらして見ると、どうやらそれは黄色い衣《ころも》を着けた人のようだ。

しかもその人は、こっそりと本堂の横手から裏手《うらて》に回り、背《せ》をかがめて中をうかがうようすである。顔は見えなかったが、音琴はその黄色に見覚えがあった。

——あれは確か以前、難波津でお会いした天竺から来たというお坊《ぼう》さまのものに似ている。確かお名前はヴァジュラさまとか……。でも、そんなはずないわ。だってあの方はお目が……。それがあんなに軽々と動けるはずがないもの。

音琴は思い切って寺の裏手《うらて》に回った。

その時、はっ、とその人が音琴の方にふり向いた。その顔は、

——ヴァジュラさま!?　……!?

音琴がおどろいたのはそのことばかりではなかった。あの時は固く閉《と》じられていたヴァジュラの目が、今ははっきりと見開かれており、しかもその瞳《ひとみ》が夏空のように青かったからである。

音琴はおどろいて思わず二、三歩後ずさりした。

その拍子《ひょうし》にそばに立てかけてあった箒《ほうき》に足を引っかけてしまった。箒は倒《たお》れ、そばの桶《おけ》にあたって意外と派手《はで》な音を立てた。とたんに格子窓《こうしまど》が上がり、先ほどのネズミに似た僧《そう》なのか、キイキイした声で、

「何者か!?　だれかそこにいるのか!?」

と、誰何《すいか》する。

瞬時《しゅんじ》、黄色い衣《ころも》がひるがえった、と思う間もなく、音琴はヴァジュラに抱《だ》きかかえられて岩陰《いわかげ》に身をひそめた。そのまま手を引かれて岩の間を縫《ぬ》うように走り、裏手《うらて》の低い土塀《どべい》を乗《の》り越《こ》え寺の外に出る。

わけが分からなかったし、自分は正門から出ても良かった。それなのに、だれとも知れぬ異国《いこく》の僧《そう》に、「行きましょう」と言われて、いっしょに走り出していたのである。


ふたりが落ちついたのは、都の中心部からは遠い羅城門《らじょうもん》近くの空き家だった。

「危《あぶ》なかったですね。でも、見られてはいないと思う」

音琴は流暢《りゅうちょう》な日本語を話す相手を、まだ信じられないものを見ているようにながめていた。家ともいえぬほど崩壊《ほうかい》した小屋の、板壁《いたかべ》の割《わ》れ目《め》から差しこむ光線に埃《ほこり》が舞《ま》っている。ヴァジュラは廃材《はいざい》の上にゆったりとくつろいでいた。

薄茶色《うすちゃいろ》の肌《はだ》、彫《ほ》りの深い容貌《ようぼう》。年のほどは分からないが、まだ二十代前半の若者《わかもの》のように見える。思いのほかたくましい体つき、豊かな黒髪《くろかみ》を編んで肩《かた》に垂《た》らし、廃材の上でゆるやかに半跏《はんか》の姿勢《しせい》をとっている。

衣《ころも》の流れるような襞《ひだ》、音琴は昔どこか、だれかの屋敷《やしき》か寺で見たことのある、はるか「ガンダーラ」とかいう国からもたらされたという仏さまのお像に似ていると思った。

音琴たちがふだんお参りする仏さまは、大体が男性とも女性ともつかない中性的なお顔立ちをしておられる。

性別を超越《ちょうえつ》した尊《とうと》いお姿《すがた》である、と聞けば、なるほど、と思う。

しかし、その「ガンダーラ」とやらからもたらされた盧舎那仏《るしゃなぶつ》は、はっきりと男性のお顔をなさっていた。口元には髭《ひげ》をたくわえ、高い鼻梁《びりょう》、大きな瞳《ひとみ》、豊かな美しさを持った男性だった。

このヴァジュラという人はあの仏さまによく似ている。なんという不思議で美しい顔だろう。そして、何よりの不思議はその真っ青な瞳……。

「貴女《あなた》はあの湊《みなと》で会ったお嬢《じょう》さんですね？」

音琴はうなずいた。音琴こそ聞きたいことが山ほどあった。

——貴方《あなた》は何者ですか？　なぜ目の見えぬふりなどしていたのですか？　どうして幻恍

の寺などに？

その思いに気づいたのか、ヴァジュラは微笑《ほほえ》んで、

「だましていてすみませんでした。何しろこの目では、人目に立ちすぎるのでね。それでも人前では目をつぶっていたのです」

たいそう怪《あや》しい話なのに、そのやわらかく温かい笑《え》みに音琴の心まで明るくなっていく気がした。

「お嬢《じょう》さん、貴女《あなた》のお名前は？　そして、どうしてあの寺にいたのか教えてください」

音琴は迷った。複雑な話をするための紙も筆もここには持ってきていない。

大体この人に日本の字が読めるかどうか。結局はいつものように歌を歌うことしかできない。

胸《むね》の中に想《おも》いはあふれているのに、なぜ自分は言葉を話すことができないのか。こんな初対面に等しい人にまで、こんな情けない自分を知られてしまわねばならないのか。音琴は唇《くちびる》をかみしめて、喉《のど》の奥《おく》から絞《しぼ》り出《だ》すように歌った。

「言の葉は

胸《むね》の泉《いずみ》に　溢《あふ》れつつ
歌にこそなれ　吾《わ》が名　音琴」

（話したいことはわたしの胸の内にあふれています。でもそれを歌にしかできないわたし。名は音琴）

恥《は》ずかしそうに目をふせる音琴に、ヴァジュラは一瞬《いっしゅん》顔をくもらせたが、こう話し出した。

「お嬢《じょう》さん、わたしは天竺の果てからたくさんの国々を旅してきたので、多くの言語を知っています。各国の人々、それぞれ言語、言葉は違《ちが》っています。しかし、話す言葉とその人が頭の中で考えることは同じなのです。

人が話す前に心で考えること、それは心語《しんご》というのですが、話し言葉というのは、その心語が音になったものなのです。そして、わたしは少々修行《しゅぎょう》を積んだので、多分、貴女《あなた》の口にしない言葉を読むことができると思いますよ。

お嬢さん、言いたいことを心の中で少し強く、言葉にして思ってみてくれませんか？」

――心語？　心を読む、ですって？　なんということかしら。そんなことできるはずがないわ。この人は大ウソつきにちがいない。

と、音琴は思った。

「貴女《あなた》は今、そんなことできるはずがない。わたしのことを大かたり、だと思いましたね？」

音琴は目を丸くした。ヴァジュラはいたずらっぽく笑った。

――では、本当なのね。なんという不思議な人。じゃあわたし、この人となら苦労なく話せるのだわ。でも、心の中を読まれるなんて……。

「ご心配なく。話すように強く思ってくれないと、わたしでも読めはしません」

音琴は、それではと、試《ため》しに自分の境遇《きょうぐう》を心の中で言葉にしてみた。

「……分かりました。貴女は宮廷《きゅうてい》の女官で、お后《きさき》さまのお使いであの寺に来ていたのですね。あの住職をよく知っているのですか？」

――幻恍上人《しょうにん》です。

ヴァジュラは音琴の顔を見てクスリ、と笑った。

「貴女はその幻恍上人を、嫌《いや》な人で、嫌《きら》い、ですね？」

音琴はおどろいた。自分としては、そこまで念じてはいなかったのに……。

「表情ですよ。貴女《あなた》は話しこそしないが、その分表情は豊かだ。今の、毛虫を見たような顔ったら」

そう言って声を立てて笑った。音琴も恥《は》ずかしくなって、顔をおさえて、笑ってしまった。どうしたんだろう、わたしったら。声を出して笑うなんて、何年ぶりのことだろう。

「貴女は幻恍上人《しょうにん》とやらを好きではない。そのとおり、幻恍上人は大いに疑《うたが》わしい男です」

笑いを収《おさ》めて真顔にもどったヴァジュラが言った。

——疑わしい？　それはどういうことですか？

ヴァジュラはしばらくためらっていたが、

「良《い》いでしょう。こんな話を貴女のような少女にしたものか、と迷うけれど。でも、なぜか貴女には話しておきたい。

……音琴さん。じつは、わたしは天竺の出身でも、僧《そう》でもありません。盗《ぬす》まれた宝物《たからもの》を探《さが》して、この東の果ての国まで来たのです」

それを聞いて音琴はドキリとした。不意に父が盗《ぬす》み出《だ》した宝《たから》とやらのことを思い出したからだった。もしや……？

「どうかしましたか？」

と、ヴァジュラ。音琴はかぶりをふり、何でもない、と伝えた。ヴァジュラが続けた。

「わたしはずっと探索《たんさく》してきたのです。その宝物がしばらくの間、唐の国にあったことは知っていました。ところが、それが何者かに持ち出され、今はこの国にあるといううわさを聞いたのです。そして、そのことに深く関わっていたのが幻恍上人《しょうにん》だと……」

――幻恍上人が？　……その宝物とは、……どのようなものですか？

ヴァジュラが語りはじめた。

「それはひとふりの剣《つるぎ》の形をしている。とても古い。いつ、だれが造ったのか、だれも知らない。流れ星から鍛《きた》えられし剣。名を『ルタ』（真実）という。隕石《いんせき》の鉄から造られたゆえに、その刀身は黒く、歴代の王によって造られた黄金の柄《つか》には宝玉《ほうぎょく》がちりばめられ、柄頭《つかがしら》には大きな金剛石《こんごうせき》（ダイヤモンド）がはめこまれています」

――『ルタ』……真実。

「そして、『ルタ』にはある特殊《とくしゅ》な力がある。その力は一国をも滅《ほろ》ぼす力があると言われている。現にわたしの国は『ルタ』のために滅びました」

――ヴァジュラさまの故国が、そのたった一本の宝剣《ほうけん》のために滅びた、ですって？

ヴァジュラはうなずき、ふたたび語りはじめた。その声は不思議な響《ひび》きをともなって、音琴の頭の中に響いた。

「そして、剣《つるぎ》が中国にあった間、事実中国では多くの国が興《おこ》り、また滅びました。『ルタ』は危険《きけん》な宝物《たからもの》です。そして、それがこの国にあれば、この倭国《わこく》もまた危《あや》うい」

そう語るヴァジュラの顔は、もはや若者《わかもの》のそれではなかった。その青い瞳《ひとみ》は、何百年の時を経て旅してきた、疲《つか》れきった旅人のものだった。

――『ルタ』……滅びの剣。

9 宝剣《ほうけん》『ルタ』

はるかに蒼《あお》く天山山脈《てんざんさんみゃく》を望む地に、雄冬王《おふゆおう》は立っていた。

長安《ちょうあん》から遠く離《はな》れ、隊商の通う道をたどり、はるばる崑崙山《こんろんさん》のふもとまで雄冬王はたどり着いた。まわりは貧弱《ひんじゃく》な灌木《かんぼく》が細々と生えている、見わたすかぎりの荒涼《こうりょう》たる土漠《どばく》、砂《さ》漠《ばく》が広がり、片側《かたがわ》には見上げるばかりの岩山がそびえ、連なっている。

花の都、長安の華《はな》やかさ、進んだ文明社会に目を見はった雄冬王だった。しかし、ここにたどり着く数日の間に、この国の広大さも思い知った。

遣唐使船《けんとうしせん》は順調に航路を進み、出発から早くも二週間後、使節団は無事長安に入ることができた。

世界に冠《かん》たる唐《とう》の、スケールのけた外れの大きさ。人口、絢爛《けんらん》たる文明、文化に、確かにわが大和《やまと》など、まだまだ未開国……と、使節団一同は目を見はり、感じ入った。唐に習い、唐に学ぶ……。

ならば一刻《いっこく》も早く玄宗皇帝《げんそうこうてい》に謁見《えっけん》を、と願ったのだった。

そこへきて問題が起こった。

同じく謁見を申し出ていた新羅《しらぎ》の使節団とぶつかってしまったのだ。新羅も大和もただ今のところ、同じく唐の属国である。そして新羅と大和の仲は現在最悪であり、遣唐《けんとう》使船《しせん》の航路も朝鮮半島《ちょうせんはんとう》を避《さ》けて通らなければならないほどである。

鉢合《はちあ》わせした両国はどちらが先に皇帝に謁見するかで、体面にかけてもと、延々《えんえん》ともめているのである。


雄冬王は、交渉《こうしょう》ごとは大使と判官にまかせ宿舎を出た。

通辞（通訳《つうやく》）をともなって、あちこちの留学僧《りゅうがくそう》、留学生を訪《たず》ねて回った。幻恍上人《げんこうしょうにん》が唐で何をしていたか、探《さぐ》るためだった。

雄冬王は、出発前に音琴《おとこと》から聞いたことが、気になってしかたがなかった。

なぜ、一介《いっかい》の僧侶《そうりょ》が皇位継承権《けいしょうけん》にまで口を出すのか。幻恍とはいったい何者なのか。

あの夜、音琴の話を聞いた後、雄冬王はまっすぐに宮殿《きゅうでん》に参内《さんだい》し、天皇《すめらみこと》に会った。

天皇《すめらみこと》と皇女《ひめみこ》に関して早急《さっきゅう》に手を打たねばならぬ、と考えてその旨《むね》を話し、急遽遣唐使《きゅうきょけんとうし》に加えてもらったのである。

しかし、幻恍のことはふせておいた。

音琴の話したことはおそらく本当だろう。そんな危険人物《きけんじんぶつ》を后《きさき》や天皇に近づけてはならない。しかし、いくら法力があろうと、一介《いっかい》の僧《そう》が天皇の譲位《じょうい》にまで口を出すからには、幻恍の後ろには皇女の皇太子冊立《こうたいしさくりつ》に反対する勢力があるのではないか？

とにもかくにも、早く幻恍の正体をつかまねばならない。

そう思うと、音琴の顔が浮《う》かんだ。

あの内気で引っこみ思案の、いつもうつむいてばかりの少女が、あんなに強気を見せるとは。雄冬王は、夜中の道を歩いて自分の館に来た時の音琴の懸命《けんめい》な表情、自分への怒《いか》りの顔を、投げつけてきた歌を思い出した。

――あの娘《むすめ》にもあんな顔ができるのだな。案外と気の強いところもあるのか。

雄冬王の目に、ふっと笑《え》みが浮かんだ。音琴の怒《おこ》った顔もまた、愛らしく思ったからである。

――確かにあの時は、あの娘《むすめ》の安全を守るために口止めをした。しかし、幻恍のしていることは見過ごすわけにはいかない。クソ坊主《ぼうず》の尻尾《しっぽ》をつかんでやる。

雄冬王は幻恍が在唐時代修行《しゅぎょう》したという寺を訪《たず》ねた。その住職は、

「幻恍という留学僧《りゅうがくそう》ならば確かにここにおりました。しかしわずか半年ほどで出ていきましたよ」

「半年で？　なぜです？　ここを出た後彼《かれ》は帰郷《ききょう》までどこにいたのか？」

住職は憮然《ぶぜん》とした表情になり、視線《しせん》をちらちらと通辞と雄冬王にあてながら、こう話した。

「じつは、わたしが幻恍を追い出したのですよ」

「追い出した……とは？」

「しかたがなかったのです。幻恍は仏法を学ぶことをせず、道教《どうきょう》に興味を持ったのです。道教は仏教とはまるで違《ちが》う、いわば中国のもともとの宗教《しゅうきょう》なのです。幻恍は、道教、それも異端《いたん》とよばれる仙道《せんどう》を学びたい、と言い出した。わたしは止《や》めるように言ったのですが、彼は聞きませんでした。寺としては、仏弟子《ぶつでし》でない者を寺に置くわけにはいかない、

そう伝えると、彼《かれ》はぷいと出ていきましたよ」

「道教？　仙道《せんどう》とは？」

「道教とは古代中国からの宗教《しゅうきょう》です。そして、仙道とは道教を極《きわ》めて自分が不老不死の仙、という神になる道です。まことに不遜《ふそん》。お釈迦《しゃか》さま、阿弥陀《あみだ》さまをなんと心得るか！」

おどろいたな、幻恍は自らが神になろうと考えた、というのか。音琴の言うのも道理。とんでもないインチキ坊主《ぼうず》だ。住職の怒《いか》りももっともなこと。住職から道教の寺や修行場《しゅぎょうば》をいくつか聞き出して、雄冬王はその足で幻恍の足取りを追った。

いくつめの修行場か、幻恍を知るという行者から、話を聞くことができた。

髭《ひげ》ぼうぼうとした、年のほども分からぬその行者が言うには、幻恍が修行していたのは仙道のなかでも魔道《まどう》に近いもので、修行の結果幻恍の力はほぼ魔導士《まどうし》と言っていいほどであった、という。そして彼が自分の魔導士としての完成のためにある物を探《さが》していたと。

「ある物、とは？」

「知らぬよ。わしらは道《タオ》を学び実践《じっせん》する、桃源郷《とうげんきょう》で神仙《しんせん》と遊ぶことを夢見る平和な道教徒じゃ。そんな物騒《ぶっそう》な物とは関わらん。しかし幻恍は、それが西域《せいいき》に近いある寺の寺宝《じほう》となっている、と言うておったな。それをモノにすると言うて、ここを出たきりじゃ。幻恍は今どうしておるかな？」

まんまと高僧《こうそう》に化けて大和の宮廷《きゅうてい》に潜《もぐ》りこんでいるよ。心の中で雄冬王は歯がみをした。

雄冬王は数名の家来、舎人《とねり》と通辞をともない、長安を後にした。五日かけて宿と馬を替《か》え、ここ、崑崙山のふもと、幻恍の目指した寺の前に立っていた。

「やっ！　これは……!?」

岩山を穿《うが》って建てられたその寺は、無惨《むざん》に崩壊《ほうかい》していた。前面の木部は焼け落ち、岩肌《いわはだ》には炎《ほのお》の這《は》った跡《あと》が黒い筋《すじ》となって残っている。明かりをつけて内部に踏《ふ》み入《い》ると、内部は煤《すす》で真っ黒なまま。岩から彫《ほ》りだした磨崖仏《まがいぶつ》が数体、真っ黒に煤けて立つばかりで、須《しゅ》弥壇《みだん》も仏具も黒焦《くろこ》げで形をなしていない。よほど激《はげ》しい火災であったのだろう。

「これはむごい……いったいどうして？　何があったのだ」

雄冬王一行は、言葉もなかった。

「そこの坊《ぼう》さんたちはみんな死んでしまったよ。ひとり残らずな！」

ふり返るとロバに乗った老人がこっちを見ていた。ロバの尻《しり》には水がめがふたつ結《ゆ》わえつけられている。どうやら水くみにでも行くらしい、付近の農夫のようだった。

顔つきや、頭に丸い帽子《ぼうし》をかぶっているところを見ると、唐人《とうじん》ではなく、西域《せいいき》の者だろうか。そまつななりをしていたが、人柄《ひとがら》は悪くなさそうだった。

「お前さん方は唐のお人ではなさそうじゃ。旅のお人、どこから来なすった？」

人なつこく話しかけてくる老人の言葉を通辞から聞いて、雄冬王も気持ちがなごんだ。

「わたしたちは東の海の果てから来たのだよ。ご老人」

「東の果て？　それでは倭国《わこく》じゃな？」

「ご老人は大和《やまと》を知っているのか？　おどろいたな。長安の唐人でさえ、知らぬ者も多い遠国であるのに」

「知っておるとも。その寺を焼《や》き滅《ほろ》ぼしたのは、倭人《わじん》であったからな！」

雄冬王も舎人《とねり》たちも、息をのんだ。

「……ご老人、知っているのなら教えてもらいたい。その倭人の名は……もしや、幻恍というのではなかったか？」

「おお、幻恍という男じゃったよ。忘《わす》れるものかね。ここをこんな無惨《むざん》なものにしたのはその男じゃった！」

「おお！」と言ったきり、だれも口がきけなかった。

老人の目には燠火《おきび》のような怒《いか》りがあった。老人は貧しいあご鬚《ひげ》を震《ふる》わせながら語りはじめた。

「その寺は香南寺《こうなんじ》というのだが、今からもう、十数年も昔になるか……ひとりの倭人《わじん》の僧《そう》が、仏法を学びたい、とやってきたのじゃ。ここの坊《ぼう》さまたちは皆《みな》いい人で、喜んで受け入れた。皆そいつにやさしくしてやっていたよ。

ところがそいつはとんだ悪党《あくとう》だった。修行《しゅぎょう》するふりをしながら、このあたりの山賊《さんぞく》を頼《たの》んで、寺を焼《や》き討《う》ちにしたのだ！」

「……それは……。では、ご老人。この香南寺には、寺宝《じほう》とされる宝物《たからもの》はあったか、ご存《ぞん》知《じ》あるまいか？」

と、雄冬王。老人は通辞と雄冬王を代わるがわる見つめていたが、雄冬王に向かって大きくうなずいた。

「おお、そうとも。わしはうわさでしか知らぬが。この香南寺は古い寺で、仏陀《ぶっだ》の宝《たから》を本《ほん》尊《ぞん》としていたのだという。悪党《あくとう》めはそれをねらって来たのじゃ。山賊《さんぞく》どもは坊《ぼう》さまたちを皆殺《みなごろ》しにして、寺の宝物を根こそぎ奪《うば》い、寺に火を放った。

しかし、たったひとり生き残った坊さまがいたのじゃ。その坊さまは山賊たちの目を逃《のが》れ、仏陀の宝を持って逃《に》げたのじゃ」

雄冬王は大きく息を吐《は》いた。それではまだ幻恍はその宝物を手に入れてはいないのだ。

「坊さまは逃げに逃げた。何でも長安まで逃げたそうじゃ。ところが件《くだん》の悪党、幻恍はそこまでつけねらい、追ってきた。止《や》むなく坊さまは、信頼《しんらい》できる人に宝物を一時預《あず》けて、またここにもどってきた。そして、しばらくはここで仲間の坊さまたちの供養《くよう》をしておったよ。だが、もう体力が尽《つ》きていたのだろう。この焼《や》け跡《あと》で死んだのだ」

老人はそっと地面をたたき、涙《なみだ》をぬぐった。

「それはお気の毒な……。吾《あれ》らも、幻恍の同国人として深く詫《わ》びる。しかし、どうしてご老人がそこまで知っているのですか？」

「わしが坊《ぼう》さまを看取《みと》ったからじゃ」

「では、その坊さまが宝物《たからもの》を預《あず》けたという人物について、何かご存知《ぞんじ》か？」

「それがの、これまた不思議な話だが、その人もまた、倭人《わじん》なのじゃと」

――倭人？　大和の者が宝物を？　意外な展開《てんかい》だった。

「何でも、銭《ぜに》もなく乞食《こじき》同様に幻恍から逃《に》げ回《まわ》っていた時に助けて、匿《かくま》ってくれたのじゃそうな。たいへんに親切な人で、唐へは留学生として来ていたそうじゃ。そしてもうじき帰国する身じゃと言うたそうな。だから坊さまは、宝物をあえてその人に託《たく》し、国外に出そうと考えたのじゃ」

「留学生？　……国外に？　そんな大切なものを、なぜだろう？」

「わしには分からんが、何でもそのお宝は危険《きけん》な一面があって、唐の者の手に入れば唐の国が滅《ほろ》びるほどの力を持っている、というのだ。お宝の別名は『滅びの剣《つるぎ》』というのじゃと」

「なんと……。『滅びの剣』と……？」

「わしとしてはそんな物騒《ぶっそう》な宝なら失われてもかまわんと思っとる。……さてと、わしが知っているのはここまでじゃ。もう行くよ。家では婆《ばあ》さんが食事を作る水が足りん、と怒《おこ》っているじゃろう」

雄冬王には、何かまだ引っかかるものがあった。よっこらしょ、とまたロバに這《は》いあがり、去ろうとする老人を呼《よ》び止《と》めた。

「ご老人、もうひとつ聞きたい。その倭人《わじん》の留学生の名を聞いてはいないか？」

「そうさな、確か……、そうじゃ、灘王《なだのおう》……とか聞いた」

――灘王！　音琴の亡《な》き父の名ではないか！

雄冬王は、神よ！　と天を仰《あお》いだ。

いくばくかの謝礼と、香南寺の僧《そう》たちへの供養《くよう》のための金子を受けとって、ロバに乗った老人の姿《すがた》がトボトボと遠ざかっていく。

雄冬王の一行はあらためて廃寺《はいじ》に向かい供養の合掌《がっしょう》をした。雄冬王は一同をふり向き、駒《こま》を返すと、

「急ぎ、長安にもどる！　謁見《えっけん》の順番など、どうでも良い。こうなったらさっさと謁見を済《す》ませ、帰国する！」

荒野《こうや》を疾駆《しっく》する馬上で、雄冬王の胸《むね》に去来するのはただひとつの思いだった。――「滅《ほろ》びの剣《つるぎ》」……そんなものが大和に持ちこまれた？　そして、幻恍と灘王の思いがけないつながり。このままでは国が、天皇《すめらみこと》が、そして音琴が……危《あぶ》ない！

10 森の中

夏の夜は深く、空気はよどみ、今夜はそよ、とも風がない。

ヴァジュラと廃屋《はいおく》で別れ、音琴《おとこと》はひとり自分の家に帰ってきた。王宮にはしばらく休む旨《むね》を手紙に記し、召《め》し使《つか》いに持たせた。

なんといっても、ヴァジュラからあんな話を聞いたからには、今日はもうだれとも会う気になれなかった。唐《とう》から持ち出された宝剣《ほうけん》とやらが気になってならなかった。

父の遺品《いひん》の中にあった、あの細長い箱の中身。あれなら剣《つるぎ》といってもいい大きさなのではないか？

まさかとは思うが、幻恍《げんこう》が言っていた、亡《な》き父上がとある寺から持ち出した秘宝《ひほう》とやらと同一のものではないか……？

音琴は立ち上がって次の間に行き、ひざまずいて隅《すみ》に置いた古い櫃《ひつ》を開けた。

そして、遺品《いひん》の中から細長いつつみを取り出した。古びた布づつみを解き、細長い黒ずんだ木箱を開くと、またいつの時代のものか分からない朽《く》ちかけた布にくるまれた、細長いものが納《おさ》められている。あまり大きいものではない、確かに剣《つるぎ》、と言われればそう見えなくもない。

しかし……全体がごつごつした形の真っ黒な漆塗《うるしぬ》りでは……。大体塗りもおそまつだし。

こんなものは『ルタ』ではない。音琴はため息をついた。安堵《あんど》の息か、がっかりなのか、自分でもよく分からなかったが。

――でもまあ、とにかくひどい埃《ほこり》よごれだこと、せめてきれいに拭《ふ》いておかないと……。

布巾《ふきん》を持ってきて拭こうとすると、粗雑《そざつ》な塗りと見えて、音琴が表面のヒビに爪《つめ》をかけると、その部分がポロリとはがれて落ちた。

えっ、と見ると下地には麻《あさ》の布があるようだった。

ああ、分かった。これは乾漆造《かんしつづく》り（麻布と漆を交互《こうご》に重ねて形を作り、漆で仕上げたもの）なんだわ。何かに麻布を巻《ま》きつけて、その上から漆をかけているのではないかしら。

音琴は小刀を持ち出してきて、ていねいに漆《うるし》をはがしてみた。

ある程度はがしてから、下地の麻布《あさぬの》ごとパリパリとむきとった。

キラリと小さな光が目を射《い》る。黄金の柄《つか》とおぼしきものと革《かわ》でおおわれた……それはまさしく、ひとふりの剣《つるぎ》だった。


長さは七十センチほどで、刀身部分は四十センチくらいだろうか。その刀身は古い革の鞘《さや》におおわれている。

震《ふる》える手で鞘をつかむと、革がもう朽《く》ちかけていて、かんたんにはがれてしまった。中から現れた刀身はまだ輝《かがや》きを失ってはいなかった。根元の幅《はば》四センチほどで先に行くほど細い、諸刃《もろは》の造りである。

鋼《はがね》で作られた剣よりも心なしか青みを帯びて黒い光を放っているかに見える。

……『ルタ』……?


柄はと見ると、黄金造りで、柄頭《つかがしら》には大きな透明《とうめい》の玉《ぎょく》がはめこまれている。鳥の卵《たまご》ほどもある、大きな石である。もしやこれは、透明でありながら七色の光を放つという金剛石《こんごうせき》なのかもしれない。

音琴の心臓《しんぞう》がドキリ、と打った。

──『ルタ』の黄金の柄《つか》には宝玉《ほうぎょく》がちりばめられ、柄頭《つかがしら》には大きな金剛石《こんごうせき》が……。燦然《さんぜん》と輝《かがや》く黄金造りの柄。唐草《からくさ》をかたどって精緻《せいち》に刻《きざ》まれた文様の中に、紅玉《こうぎょく》（ルビー）、翠玉《すいぎょく》（エメラルド）、蒼玉《そうぎょく》（サファイア）、真玉《またま》（真珠《しんじゅ》）がはめこまれた見事な柄だった。

音琴は宝剣《ほうけん》をかかげ持った。黄金の柄、黒みを帯びた刀身。流れ星より鍛《きた》え出《だ》された伝説の剣、『ルタ』がそこにあった。

──『ルタ』……「滅《ほろ》びの剣《つるぎ》」！

音琴は体の震《ふる》えが止まらなかった。

たいへんだ、どうしよう。こんなものを自分が持っていたなんて。すぐにでもヴァジュラさまにお届《とど》けしなくては。

ヴァジュラさまはまだあの廃屋《はいおく》にいるかしら。それともまた幻恍の寺を探《さぐ》っているかもしれない。

音琴は宝剣《ほうけん》を自分の領巾《ひれ》でつつんで胸《むね》にしっかりと抱《だ》き、そのまま家を出た。

しかし、数歩も行かないうちに、物陰《ものかげ》からバラバラと数名の男が飛び出して、音琴を取り囲んだ。いずれも覆面《ふくめん》をし、刀を携《たずさ》えているようだ。

――だれ？　盗賊《とうぞく》？

と、思う間もなく、音琴は腕《うで》をつかまれ、宝剣を奪《うば》いとられた。

――だれか、助けて！　口のきけぬ音琴はせいいっぱいの悲鳴をあげた。

男どもはあわてて音琴を捕《と》らえ、口をおさえた。もがいて逃《のが》れようとしたが、男はがっちりと音琴をおさえつけて離《はな》さない。

「なんだ、口がきけねえというから声も出ねえかと思えば。めんどうだ。この娘《むすめ》も始末してしまえ！」

ひとりが刀をぬき、音琴の胸に突《つ》き立《た》てようとかまえる。

――殺される。ここで死ぬんだわ！

音琴は固く目をつぶった。その時、「ぎゃっ」というわめき声があがって、刀を持った男がひっくり返った。

「なんだ!?」と、いっせいにあたりを見回す男ども。ついで、音琴を捕《つか》まえていた男が

「うわっ」とのけぞり、手を放した。

見るとふたりとも頭から大量の血を流して倒《たお》れ、うめいている。いったい何が？ と思う間もなく、何かが飛んできて、近くの木にぶつかった。転がったのはこぶし大の石だった。だれかが賊《ぞく》を目がけて石を投げつけているのだ。

「畜生《ちくしょう》！ 邪魔《じゃま》が入りやがった！ もういい、引き上げだ。お宝《たから》はいただいたぜ！」

宝剣《ほうけん》を持った男が逃《に》げる。またもや風を切って石が飛び、男の背《せ》にあたったが、男はよろめきつつも逃げていく。

――止《や》めて！ それを返して！

そう叫《さけ》びたいが、口からは泣き声とも叫びともつかない音が漏《も》れるだけだった。泣きながら、よろよろと男の後を追おうとする音琴をだれかが抱《だ》きとめた。ヴァジュラだった。

――ヴァジュラさま、宝剣が盗《と》られました！

そう心で叫ぶと、体から急に力がぬけて、音琴はその場にくずおれた。

「……お姉さん、気がついた？」

目を開けると、心配そうに自分をのぞきこんでいる小さな顔があった。

――わたし……。ここはどこ？

「大丈夫《だいじょうぶ》だよ。お姉さんは気を失っただけだよ」

――この子、そうだわ。難波津《なにわづ》で会ったヴァジュラさまのお弟子《でし》さんだわ。

音琴が身を起こして見回すと、そこはどこかの小屋の中だった。地面に敷《し》かれた藁《わら》の上に寝《ね》かされていたのだ。

「危《あぶ》なかったね、お姉さん。あの時石つぶてを投げたの、俺《おれ》なんだ。お師匠《ししょう》さんが、お姉さんのことで気になることがあるから、家のあたりを見張ってろ、って言うからさ」

――ありがとう。貴方《あなた》、名前は？

音琴は身ぶりで伝えた。

「俺かい？　名前は羽鳥《はどり》というのだ。……ああ、お姉さんと話す時にはこれを使えってお師匠さんに言われたんだっけ」

紙と筆、墨《すみ》ツボを渡《わた》された。音琴は書いた。

「ヴァジュラさまは、今どこに？」

「お師匠さんは今、外で座禅《ざぜん》を組んで瞑想《めいそう》してるとこだよ」

羽鳥は小窓《こまど》の外を指さした。

その方を見ると、大きな木が見えた。小窓《こまど》から身を乗り出すようにして見わたすと、まわりは深い森の中だった。いったいどこの森なんだろう。見覚えもない。

その木々の途切《とぎ》れに、ぽっかりと開けた空き地にこの小屋は建っている。まだ新しい藁《わら》葺《ぶ》き屋根の小屋である。

「すごいだろ？　これ、お師匠《ししょう》さんと俺《おれ》と、ふたりでこさえたんだぜ。ここはね、お師匠さんが見つけたんだ。おどろいたことに都の中なんだぜ。これでも」

少年は得意そうに鼻をひくひくさせた。

「都の中？　こんな深い森、市中にあるなんて知りませんでした」

……それにしても、なんと美しい森だろう。緑の濃淡《のうたん》の中で、夏草がとりどりに花を咲《さ》かせ、木漏《こも》れ日《び》が光の帯のように降《ふ》りそそいでいる。遠くの方に一頭の牝牛《めうし》がつながれており、ゆっくりと草を食《は》んでいる。

空き地の中央には樹齢《じゅれい》何百年、いや、太古の昔から生きてきたのでは、という大楠《おおくすのき》がそびえている。

その地面から大きく盛《も》り上《あ》がった根に抱《だ》かれるようにして、ヴァジュラは座禅《ざぜん》を組んでいた。まるで大木の一部であるかのように、あたかも大気に溶《と》けいるかのようなその姿《すがた》は、音琴にはまるで生ける神か仏のように尊《とうと》いものに見えた。

ヴァジュラの頭上の小枝には小鳥が幾羽《いくわ》も止まり、さえずり交《か》わしている。リスやウサギもまるでそこに人がいないかのように通りすぎていく。

音琴は何だか夢の中の世界にいるような気がした。

不意にしげみが揺《ゆ》れたかと思うと、駒《こま》ほどもある大きな牡鹿《おじか》が現れ、ゆっくりと歩いてくると、膝《ひざ》を折り、ヴァジュラのかたわらに座《すわ》った。

「不思議だろう？　お師匠《ししょう》さんが瞑想《めいそう》すると、いつもあの大鹿が現れるんだ。あんな大きなやつ、こんな人里にはいないはずなのに」

「わたしも初めて見ました。でも、それより羽鳥さんのことを聞きたいわ。羽鳥さんは大和《やまと》の人なのでしょう？」

「そうだよ。俺《おれ》はもっと南の方の島の生まれさ。けど親なしで、島の湊《みなと》でうろついていたところを、大和に渡《わた》る途中《とちゅう》だったお師匠さんに拾われたんだ。弟子《でし》にしてもらって、色んな手伝いをしたり、ほら、あそこにつないでる牛の世話や、乳《ちち》をしぼるのも俺《おれ》の役目さ」

「そうですか。羽鳥さんは偉《えら》いですね。まだ子どもなのに」

そんなことはねえよう。と、羽鳥は南の島人らしい日焼けした顔をくしゃくしゃにして照れている。


そこへ瞑想《めいそう》を終えたヴァジュラが入ってきた。

「おお、良かった。気がついたのですね。大丈夫《だいじょうぶ》ですか？」

音琴はヴァジュラの顔を見ると、また涙《なみだ》があふれて止まらなくなってしまった。申《もう》し訳《わけ》なさでいっぱいだった。

——すみませんでした。宝剣《ほうけん》を盗《と》られてしまいました。亡《な》き父の遺品《いひん》の中にあったのです。『ルタ』を唐から持ち帰ったのはわたしの父だったのです。わたし……だから、ヴァジュラさまに届《とど》けようと……。

「良いのですよ。貴女《あなた》と話していた時に、ふと貴女の心に『ルタ』が見えたような気がして気になっていたのです。でも、貴女が無事だったのが何よりです」

ヴァジュラはやさしく音琴の背《せ》をなで続けた。音琴の涙は止まらなかった。

――ごめんなさい。わたし、父がそんな罪を犯《おか》していたなんて……。

羽鳥は牛の世話をしに行くと言って出ていった。

ヴァジュラは音琴を藁《わら》の上に座《すわ》らせ、自分は炉《ろ》に小さな鍋《なべ》をかけ、牛の乳《ちち》を沸《わ》かしはじめた。小屋の中はきれいに掃《は》き清《きよ》められていて、乾《かわ》いた藁が敷《し》きつめられている。壁際《かべぎわ》には乾いた薬草や野蒜《のびる》が吊《つ》るされていて、部屋の隅《すみ》には水がめや米の袋《ふくろ》が置いてある。極《きわ》めて簡素《かんそ》だが、涼《すず》しく、居心地《いごこち》が良かった。窓《まど》から外を見ると、もうあの大鹿はいなくなっていた。羽鳥がこちらに背《せ》を向けて牛の乳をしぼっているのが見える。

「大和では牛の乳を飲みますか？」

――いいえ、蘇《そ》（牛乳を固形状になるまで煮詰《につ》めたもの）や酪《らく》（牛や羊の乳を加熱して粥状《かゆじょう》にしたもの）といったものはいただきますが、そのまま飲むのは、あまり……。

「そうですか。体には良《い》いものなのですが」

ヴァジュラは沸かした牛乳に何かの乾いた葉を入れて煮ている。ちょろちょろと火が踊《おど》り、やがてかぐわしい香りが満ちてきた。鍋を外し、清潔な素焼《すや》きの器《うつわ》に中身を入れて音琴にさし出した。

「チャイ、というのです。天竺《てんじく》の茶ですよ。とても気持ちが落ちつきます」

温かく甘《あま》い匂《にお》いがした。ふうふうと吹《ふ》いてすすりこむと、良《い》い香りがして、ほのかに甘く、体の中にぬくもりが落ちていくのを感じた。


音琴は幻恍から聞かされた話をぽつぽつとヴァジュラに話した。ヴァジュラは時々うなずいたり、首を傾《かし》げたりして聞いていたが、

「わたしは貴女《あなた》の父上がそんな人とは思えない。貴女のような清らかな人の父上がそのような人であるはずがない。それに、父上は柄《つか》を漆《うるし》でおおって細工までしていたのでしょう？　それはあの剣《つるぎ》の危険性《きけんせい》が分かっていてかくしていたのだと思いますよ」

──そうでしょうか……。

ヴァジュラがうなずいた。音琴はほっと心がほどける思いがした。

「それよりも、わたしが気にしているのは、どういうなりゆきで剣が貴女の父上の手に渡《わた》ったか、ということです」

いつの間にか夜になった。羽鳥が牛乳《ぎゅうにゅう》の入ったかめと、いつの間に獲《と》ったのか数匹《すうひき》の魚

を笹《ささ》に刺《さ》して持って帰ってきた。

小屋の外にしつらえた竈《かまど》で米を炊《た》き、魚は串《くし》に刺して炉端《ろばた》に立てた。飯が炊きあがり、魚が焼けて、脂《あぶら》がじゅっ、と音を立てて小さな煙《けむり》をあげ、香《こう》ばしい匂《にお》いが漂《ただよ》う。

三人は炉端を囲んで座《すわ》り、食事をした。椎《しい》の葉に盛《も》った飯にヴァジュラが右手だけで器用に魚を混ぜ、つまんで食べるのを、音琴が目を丸くして見ているのに気づき、ヴァジュラは咳払《せきばら》いひとつの後、まじめな顔で弁解した。

「これは天竺の作法なんです。決して行儀《ぎょうぎ》が悪くはないのです」

「お師匠《ししょう》さんは、いつもこう言って言《い》い訳《わけ》をなさるんだ」

羽鳥が目をくるくるさせた。みんなで笑った。こうして笑いながら食事をするのは何年ぶりだろう、と音琴は思った。


片《かた》づけをして、羽鳥は部屋の隅《すみ》に行き、ころりと横になると、そのまま寝《ね》てしまった。残るふたりは炉端に座った。

――ヴァジュラさま、宝剣《ほうけん》『ルタ』の力とは、どのようなものなのですか？

答えはしばらくなかった。炉のゆらゆらと揺《ゆ》れる炎《ほのお》に照らされたヴァジュラの顔は、ひどく悲しいものに見えて、音琴は聞かなければ良かったかしら、と思った。

「そんなことはありませんよ。お話しします」

ヴァジュラは表情をゆるめると、ほうっ、と息を吐《は》いた。

「この国に来ておどろいたのは、国民の識字率です。上流階級はもちろんだが、庶民《しょみん》、例えば羽鳥のような子どもまでもが文字を知り、歌が詠《よ》める、ということです。他の国にはないこと。すばらしい国です、倭国《わこく》とは。それで、この国には数学というものがありますか？」

――はい、数字は、その昔大陸から伝わりました。暦《こよみ》の博士が星の運行を計算したり、庶民も足し算、引き算、九九を使っています。

「それはすばらしい。天竺では二十算まであるのです。数学が非常に発達した国なのです。それで、天竺人は1、2、3という数列の前に『0』、つまり何もない、という数字を発明したのです」

そう言ってヴァジュラは音琴の膝《ひざ》の前に胡桃《くるみ》を一個置いた。

「これが、1、です。1はここに物がひとつある、という意味です。でも0はそれ以前の、物が何もない、という意味を表す数字です」

そう言って、胡桃《くるみ》を取り去った。

「これが、0、という状態です。分かりますか？」

——は、はい。無を表す数が0、つまり数は0、1、2、3……の順番で並《なら》ぶということです。

「そうです。ああ、この国も仏教が入っているのだった。この『0』は仏教の『無』という概念《がいねん》を持った天竺人なればこその発明、発見なんですよ」

そうはいっても音琴にはヴァジュラが何を言おうとしているのか全然分からなかった。

「この数列を時間の流れに置《お》き換《か》えてみましょう。例えばさっき、わたしたちは食事をしました。それはもう過去の出来事です。今こうして話をしているのが現在、つまり『0』。そうなるとこれから起きてくる事柄《ことがら》が未来1、2、3……なのです。ここまで分かりますか？」

——えーと、例えば……川のせせらぎに一枚《まい》の紅葉《こうよう》が散り落ちて流され、わたしの目の前を流れすぎていく。散り落ちたのが過去……3、2、1。わたしがそれを見ているのが現在『0』。流れ行く先は未来1、2、3……ということですね。

「貴女《あなた》はすばらしい！　そうそう、時の流れというものは川の流れのように決して逆もどりしません。一方通行に流れるものです。だれも逆らうことはできない。

しかし、『ルタ』があれば、時の流れを無効化して、過去も未来も現在『0』とすることができるのです。『ルタ』の力とは『0』の力なのだ」


それは音琴の想像を絶する話だった。

炉《ろ》にくべた木がパチッとはねて、小さな火の粉が飛んだ。

――時の流れを無効にする……？　つまり言《い》い換《か》えれば、『ルタ』を使えば時を超越《ちょうえつ》して過去、未来に行けるということ？

なんとなく見てはいけないものを見たように、寒気がした。ヴァジュラの顔は彫像《ちょうぞう》のように動かなくなっている。

「そうです。『ルタ』の力さえ手に入れれば、持ち主は自在に過去や未来を変えることができる。一国の王であれば、負《ま》け戦《いくさ》を避《さ》けることができる。敵《てき》を赤《あか》ん坊《ぼう》のうちに殺せば、自分は死なない。強大な者となって、まわりの国々を滅《ほろ》ぼし、さらに、さらにと欲望《よくぼう》の虜《とりこ》になってゆく。悲しいかな、それが人間というものなのだ。強大な自我《じが》の行き着くところは同じです。最後には自国をも滅《ほろ》ぼし、自らをも……それはわたしの国に起こったことです」

長い沈黙《ちんもく》があった。また、木がはぜて意外に大きな音を立てた。

――『ルタ』の力……時間をさかのぼる力。もしそれがあればわたしは父上の死を防げただろうか？　そうすればわたしは家族や家を取りもどすことができるのではないか。わたしは今よりもずっと幸せな自分で……。

ヴァッシュラが表情を取りもどし、肩《かた》をすくめて言った。

「ほらね、そんな可憐《かれん》な貴女《あなた》でさえ『ルタ』がほしくなったでしょう？　しかし、自分の欲望《よくぼう》のために使えば『ルタ』は貴女を自滅《じめつ》の道に導きますよ。『ルタ』の力、『0』の力とはそのように恐《おそ》ろしいものです」

それから何日かの間、音琴は森の小屋で過ごした。留守宅《たく》には友人の家にしばらくいる、と手紙を書いて羽鳥に届《とど》けてもらった。雄冬王《おふゆおう》の妻として不行跡《ふぎょうせき》かな、とは思ったが、まだあの襲《おそ》ってきた者たちがねらってくるかもしれない、と用心したのである。

髪《かみ》も、自分では結《ゆ》い上《あ》げることができないので、庶民《しょみん》のように自然な垂《た》れ髪《がみ》にして、ひとつにしばった。

ヴァジュラは裕福《ゆうふく》らしく、羽鳥を町に使いにやって、米や音琴のために着がえの着物を買ってこさせた。

音琴は毎日羽鳥といっしょに水くみに行ったり、薪《たきぎ》を拾って飯を炊《た》いたり、洗濯《せんたく》など下女のするような仕事をしたが、それはそれで楽しかった。こんなに生き生きと自分らしく生きている自分がうれしかった。

そして、楠《くすのき》の下で瞑想《めいそう》するヴァジュラのそばに、決まって例の大鹿がひっそりとうずくまっているのを見ると、なんとも神秘的《しんぴてき》で感動にうたれるのだった。

そんなある日、羽鳥が息せき切って帰ってきた。

「買い物ついでにお姉さんの家を見張っていたら、だれだか立派《りっぱ》な舎人《とねり》さんがやってきてさ。お姉さんに旦那《だんな》さんからの手紙を持ってきた、と言ってるのを聞いたんだ。おたくの家司《けいし》さんがお部屋の小卓《しょうたく》の上に置いたのを、いただいてきた」

――あきれた。羽鳥さんは、わたしの家に泥棒《どろぼう》に入ったというわけですね？

なんとなく通じたようで、羽鳥はちろっと舌《した》を出して、へへへ、と笑った。

「なんせ貧しい島で、そこでみなしごひとりで生きてくには、色々やらないとね。空き巣と掏摸《すり》は俺《おれ》の得意分野なんだよね」

「何を威張《いば》っていますか。泥棒小僧《どろぼうこぞう》で捕《つか》まって、海に投げこまれるところを、わたしが救ったのを忘《わす》れないように」

と、渋《しぶ》い顔のヴァジュラ。羽鳥の方はケロッとしたもので、

「いいじゃないか、もうそんな昔の話。それより、お姉さんも一刻《いっこく》も早く、愛《いと》しの旦那《だんな》さんの手紙を読みたいだろうと思ってさ」

――愛しの背《せ》の君《きみ》なんかじゃありません、雄冬王さまは。唐《とう》に行ってから一度も文は寄こさなかったし、わたしだってこのところ、全然思い出しもしなかったくらいだもの。

それでも音琴は顔を赤くして、羽鳥から手紙をひったくった。

手紙には雄冬王が唐で知ったいっさいのことが記されていた。

少し笑顔《えがお》で読みはじめた音琴だったが、読み進むにつれ、その顔から見る見る血の気が引いていった。ついには顔をおおって、震《ふる》える手で手紙をヴァジュラに渡《わた》すと、その場に

しゃがみこんでしまった。

ヴァジュラも険しい顔で手紙を読み終えると、

「……なんという恐《おそ》ろしいことだろう。寺を焼《や》き討《う》ちにし、僧侶《そうりょ》を皆殺《みなごろ》しにして宝剣《ほうけん》を……。幻恍という男は……。そして自分がしたことを、貴女《あなた》の父上だとすり替《か》えて、貴女に話したのだね。宝剣を手に入れるために。音琴さん、貴女の父上がしたのは人を助け、宝剣を漆《うるし》でおおって世の中からかくすことだったのだよ……」

そう言うヴァジュラの言葉を、音琴はもう聞いてはいなかった。


目の前に不意に真っ赤な血が飛びちるさまがよみがえったからだ。

あの五歳《さい》の日の新嘗祭《にいなめさい》。

暗い神殿《しんでん》の中で、いきなり現れた血まみれの手がとばりをつかんだこと。男たちの怒号《どごう》。ゆらゆらと伸《の》び縮《ちぢ》みする大きな黒い影《かげ》。目の前に散った真っ赤な血。流れる血潮《ちしお》の中に倒《たお》れふした、父のもはや何も見ていない虚《うつ》ろな目。

血にぬれた刀を手に自分を見た人殺しの顔……。だれかの手に抱《だ》きかかえられて、その場から逃《のが》れたこと……。

あの日のすべてを思い出した。

「大丈夫《だいじょうぶ》ですか？　音琴さん……？」

ヴァジュラの手をふりはらって、音琴は小屋を飛び出した。

「お姉さん！」

後を追おうとする羽鳥を、ヴァジュラが頭《かぶり》をふってとめた。


走って、走って、森の奥《おく》へ奥へと音琴は入っていった。恐《おそ》ろしい記憶《きおく》から逃《のが》れるように。そしてだれもいない深い森の中で、体をふたつに折って、音琴は声を放って泣いた。

その号泣《ごうきゅう》は、父を目の前で失った悲しみと、父の無念の死への怒《いか》りそのものだった。

同時に、その慟哭《どうこく》の中から、炎《ほのお》のように立ち上がる想《おも》いがあった。

……父上は宝剣《ほうけん》をねらっていた何者かに殺されたのだ。それは幻恍だろうか？　いや、だれであれ父上を殺した者を、わたしは許さない！

……殺す……！

……殺す！　……殺す!!

心語《しんご》の恐ろしい絶叫《ぜっきょう》が高まり、ヴァジュラの脳《のう》を圧《お》し、そしてふっつりと絶えた。

森の奥《おく》で意識を失って倒《たお》れふした音琴を、羽鳥が見つけ、ヴァジュラがそっと抱《だ》きあげてもどった。

11 皇女《ひめみこ》

「なんとおっしゃいましたか？　お母さま？」

池の上にしつらえられた四阿《あずまや》で、后《きさき》と皇女《ひめみこ》が向かい合って座《すわ》っている。暑気払《しょきばら》いに涼《すず》しい水の上で茶菓《さか》でも、と后が皇女を誘《さそ》ったのだ。

卓《たく》には果物や唐菓子《とうがし》が盛《も》られ、削《けず》り氷《ごおり》にあまづらをかけた氷菓《ひょうか》もある。そばで采女《うねめ》が団扇《うちわ》で静かに風を送っている。

盛夏《せいか》を迎《むか》えた庭園の緑は黒々と濃《こ》い。時折、池の上をかすかに吹《ふ》きすぎる風はあったが、池の蓮《はす》の葉はすっかり伸《の》びきり、奇妙《きみょう》な形の実が頭をもたげているばかりで、見るべきものとてない。

ただ池のほとりに咲《さ》く桔梗《ききょう》だけが、凜《りん》として青紫《あおむらさき》の花を咲かせていた。

「……お母さまはわたしの立太子に反対だと申されるのですか？」

皇女は信じられぬ、という顔で母后を見つめた。母はおっとりと柔和《にゅうわ》な表情で答えた。

「はい、わたしはそなたのためを思って、そう申したのです」

唐渡《からわた》りの、香り高い茶を自らいれて娘《むすめ》に注いでやりながら、后《きさき》は奇妙《きみょう》にうっとりとした声で言う。

「女の身で天皇《すめらみこと》になったところで、そなたの幸せにはなりません。古《いにしえ》ならばともかく、今は女帝《じょてい》が結婚《けっこん》することも子を持つこともできないのですよ。わたしは母として、そなたに女の幸せを望んでいます」

皇女《ひめみこ》はいらだった。今まで父と同じく自分に同意してくれていると思っていた母が……。

「お母さま、わたしはそのようなことは望んでいません。弟皇子《おとうとみこ》たちが早世したため、わたしは皇家《こうけ》の跡継《あとつ》ぎとして、精進《しょうじん》してまいりました。立派《りっぱ》な天皇となり、今停滞《ていたい》しているあらゆる政《まつりごと》を進め、改革《かいかく》していきたいのです。それはお母さまもご存知《ぞんじ》のはずです。なぜ、今さらそのようなことを？」

后は微笑《ほほえ》んでさらに夢見るように瞳《ひとみ》をうるませ、困《こま》った娘だこと、というように、

「それが御仏《みほとけ》の御心《みこころ》にかなうことだから、です」

「……？」

「わたしの夢枕《ゆめまくら》に観音菩薩《かんのんぼさつ》がお立ちになりました」

后《きさき》は童女のように楽しげに話し続ける。

「……夢は、この蓮池《はすいけ》のような場所でした。尊《とうと》いお姿《すがた》をただただ拝《はい》しているわたしに、観音さまは両手に持たれた蓮のつぼみを示されました。一方は白く、もう一方は紅《あか》いつぼみでした。わたしが紅の方に手を伸《の》ばすと、観音さまはお首をおふりになりました。それで、白の方を手に取ると、つぼみがパッと開いて、なんとその中に小さな黄金の仏さまがお座《すわ》りになっていらっしゃるのが見えたのです。

わたしはおどろいて、紅の方はと見ると、これもまた開いて、中からは美しい天女《てんにょ》が現れたのですよ。でも、天女はすぐに天に向かって飛び去ってしまいました。天女は天のものので、この世のものではなかったからです。白は男子、紅は女子。つまり現世の天皇《すめらみこと》は男子でなければならない、という観音さまのお諭《さと》しだったのです」

皇女《ひめみこ》は蓮池に目を落とした。蓮の葉は清げだが池の水はにごり、よどんでいる。皇女は立ち上がり、母のそばに寄ると膝《ひざ》をついた。

「お母さま、しっかりなさってくださいませ。お母さまがそんな夢を本気になさるのは、あの幻恍上人《げんこうしょうにん》が妙《みょう》なことを申すせいではありませんか？　皆《みな》が心配しているのです。お母さまがあの僧《そう》を寵用《ちょうよう》しすぎているのではないかと……」

「何を言うのです、皇女《ひめみこ》。幻恍はわたしの病を治してくれた名医ではないか。それからも治療《ちりょう》を続けているだけですよ」

皇女は疑《うたが》わしげに母親を見た。口さがない采女《うねめ》たちが、后《きさき》と幻恍の仲をあれこれと取《と》り沙汰《ざた》しているのを耳にしていたからだった。

昼日中《ひるひなか》から人もよせつけず、何時間もふたりきりでこもっているのはおかしい。医者と患者《かんじゃ》の仲以上のことが中で行われている気配がする、とまでささやかれているのだ。

后は娘《むすめ》の顔を見ると、娘を抱《だ》き、ほろほろと涙《なみだ》をこぼしはじめた。

「分かっておくれ。母はそなたの身を案じているのです。それ相応の男子がいれば、そなたが帝位《ていい》につく必要などない。御仏《みほとけ》の御心《みこころ》に反してそなたが天皇《すめらみこと》につけば、そなたはあの天女《てんにょ》のように天に召《め》されるかもしれぬ。母はそんな恐ろしく、悲しいことには耐《た》えられませぬ」

皇女はそっと母親の手から逃《のが》れた。

「それ相応の男子というのは、安羅皇子《やすらのみこ》のことですか？　それではお母さまは、わたしの立太子に反対する朝臣《あそん》たちと同じご意見ということになります」

お互《たが》い悲しげに見つめ合う母と娘《むすめ》。卓《たく》の上の氷菓《ひょうか》はもう溶《と》けてしまって、形をなしていない。皇女《ひめみこ》は池のむこうに赤の衣《ころも》を見た。幻恍が立ってこちらを見ているのだった。

「……お母さまは天皇《すめらみこと》の后《きさき》として、身を慎《つつし》まれてくださいますよう……。わたしはこれで失礼いたします」

それだけ言って、皇女は逃《に》げるように四阿《あずまや》を出た。


幻恍は自分の庭でもあるかのようにゆうゆうと歩いてきた。去っていく皇女をちらりと見て、后に一礼すると口を開いた。

「これは、皇女さまにごあいさつしそこねましたな」

「良《い》いのですよ。なかなか難《むずか》しい娘で、親の心を分かってくれぬ」

幻恍は后に近寄ると、親しげに手を取りなぐさめた。

「世の中の子というものは、皆《みな》そのようなものですよ。親の心など分かりません。それよりも、今日は内々で安羅皇子さまをお連れしました。どうぞご引見くださいませ」

と、庭園のむこうに視線《しせん》を投げた。頭巾《ときん》をかぶり、白っぽい袍《ほう》を着たひとりの中年男が平伏《ひれふ》している。

——ああ、やはり白であったか……。

后《きさき》の顔がほのぼのと明るくなった。

皇女《ひめみこ》は悲しかった。ぐったりと自室の椅子《いす》に座《すわ》りこんだまま、立ち上がる気にもなれなかった。

——お母さまがあんなになってしまわれるとは……。

こんな時に音琴《おとこと》がいてくれたら、と思った。何も言わずとも、あの澄《す》んだ瞳《ひとみ》を見れば、あの娘《むすめ》の歌が聞けたら、どんなに心がなぐさめられただろうか。皇女としての重い責任に押《お》しつぶされそうになった時、いつも音琴に会いに行った。あの娘と筆を通して話し、考えを知り、助けられたのはいつもわたしの方だったのだ。体調をくずして勤《つと》めを休んでいるのが惜《お》しまれた。

扉《とびら》をたたく音がして、采女《うねめ》が入ってきた。

「恐《おそ》れ入《い》ります。皇女さま、天皇《すめらみこと》さまがお呼《よ》びでいらっしゃいます」

皇女はため息をついて、立ち上がった。

天皇《すめらみこと》もまた、椅子《いす》にかけているのが、やっと、というごようすであった。顔色も土気色で、力なく咳《せき》をする。皇女《ひめみこ》はおどろいて駆《か》けよった。

——いつの間に、こんなにお悪くなられたのか。

「どうしたことでしょうか、これは。薬師《くすし》は何をしているのか。父上、どうかしっかりなさってください。わたしは父上だけが頼《たよ》りなのです」

「それが、原因も分からぬままにこうなってしまったのだよ。こんなに弱ってしまっては、朕《ちん》もいつなんどきどうなってしまうのか。こうして起き上がっていられるうちに、そなたの立太子だけは実現しておきたいと思う」

「しかし、女帝《じょてい》を望まない朝臣《あそん》も多いと聞きます。父上のお力がなければ……安羅皇子が次の天皇になってしまいます」

ましてや今日、母親までもが敵《てき》に回ってしまったというのに。

「情けないことだ。安羅皇子などを担《かつ》ぎだして、朕に歯向かうとは、臣《おみ》たちはどうかしている。安羅皇子は朕の異母弟《いぼてい》ではあるが、ただの道楽者にすぎぬ」

天皇も顔をおおって嘆《なげ》いた。

「しかし、大臣《おおおみ》の大麻呂《おおまろ》が臣たちを抑《おさ》えてくれているので朕《ちん》も安堵《あんど》している。今はあの年寄りだけが朕の理解者だ。現に、朕のためにわざわざ唐《とう》から取りよせた薬、それも秦《しん》の始《し》皇帝《こうてい》も飲んだという不老不死の妙薬《みょうやく》を献上《けんじょう》してくれているくらいだ」

采女《うねめ》がその薬湯をささげ持ってやってきた。皇女《ひめみこ》はその薄赤《うすあか》い色にふと薄気味悪いものを感じたが、天皇《すめらみこと》は飲《の》み干《ほ》し、

「あいにくと、少しも効きはしないのだがね」

と、気弱な微笑《ほほえ》みを浮《う》かべる。


「しかし、皇女や。その大麻呂にも話していないことだが、朕にはもうひとつの切り札があるのだよ」

「切り札……と申されますと？」

「先ごろ、雄冬王《おふゆおう》を遣唐副使《けんとうふくし》として唐に派遣《はけん》したのは、じつは唐の玄宗皇帝《げんそうこうてい》に謁見《えっけん》し、そなたの立太子を願い出るためなのだよ。そなたも知ってのとおり、わが国は半島同様、大《おお》唐国《からくに》の傘下《さんか》にある。国の継承者《けいしょうしゃ》は唐に認《みと》めてもらい、初めて冊立《さくりつ》が可能となる。そなたを皇太子《こうたいし》として玄宗皇帝に認めてもらえば、いかに反対派《はんたいは》が騒《さわ》ごうと恐《おそ》れることはないの

だ」

「父上！　……それでは！」

天皇《すめらみこと》はうなずき、

「安心するが良い。雄冬王から昨日、知らせがあった。無事玄宗皇帝《こうてい》から、そなたの立太子を認《みと》めるという勅状《ちょくじょう》をいただいたそうだ」

「雄冬王が？　それはなんという良い知らせでしょう。それで、雄冬王はいつ大和《やまと》にもどるのですか？」

「もうすでに長安《ちょうあん》を出たはずだ。風待ち、潮待《しおま》ちが順調にいけば、あと十日ほどで帰りつけるはずだ。二週間後には定例の朝礼（朝臣《あそん》との会見）がある。雄冬王がそれまでに認可《にんか》状《じょう》を持ち帰れば、そこでそなたの立太子を決定する」

「……十日！　ああ、待ち遠しい。あの力強い従兄殿《いとこどの》ならば、きっとやってくれます！」

その時、天皇が急に咳《せ》きこみ、と思うと胸《むね》をおさえて倒《たお》れた。

「父上、しっかりなさって！　だれか！　だれか早く薬師《くすし》を！」

土気色になって荒《あら》い息を吐《は》いている父を、必死に抱《だ》きおこしながら、

――本当に、一刻《いっこく》も早く認可状が届《とど》いてほしい。父上のためにも、一日も早く、わたし

は皇太子《こうたいし》として立たねばならないのだ。


その日、雄冬王は唐土《とうど》、登州《とうしゅう》にあった。

皇帝《こうてい》からたまわった緋皇女《あけのひめみこ》を大和の皇太子と認《みと》める、という勅状《ちょくじょう》を手に、ふたたびここ登州の湊《みなと》から遣唐使船《けんとうしせん》に乗り、帰国の途《と》に着くのだ。

今回は雄冬王だけが帰途《きと》に着き、大使はまだ長安《ちょうあん》にとどまっている。二隻《せき》だけの帰還《きかん》である。帰国を許された官僚《かんりょう》や、留学僧《りゅうがくそう》、留学生が同行する。

雄冬王は船の準備が整うまでのしばしの間、後には懐《なつ》かしく思い出すであろう雄大《ゆうだい》な唐土に、月をやった。

湊には多くの船が出入りし、荷物や旅客《りょかく》を乗せて行きかっている。交易品を納《おさ》めた倉が立《た》ち並《なら》び、宿屋や飯屋がひしめいている。そこにまた、ぎっしりと人がうごめいている。

国土の広さ多様さ、人口の多さ、見るもの聞くもの、何もかも大唐国の偉大《いだい》さに畏敬《いけい》の思いをいだき、先端《せんたん》の文明社会に、もっとここで学びたいと思った。

――しかし、今は止《や》むなし。一刻《いっこく》も早く国に帰らなければ。

道端《みちばた》にもみやげ物や、菓子《かし》、饅頭《マントー》をふかして売る屋台が出ている。ひまつぶしに屋台を冷やかして回っているうちに一軒《けん》の装身具《そうしんぐ》の店先で、ふと目にとまった花簪《はなかんざし》を手に取った。

小さな白い花をかたどった簪。音琴に似合いそうだ。

「旦那《だんな》さん、良《い》い買い物をなさったね。恋人《こいびと》への贈《おく》り物《もの》かね？」

「ま……、そんなところだ」

笑いながら店の親父《おやじ》と話しているところへ、銅鑼《どら》の音が鳴《な》り響《ひび》いた。遣唐使船《けんとうしせん》の準備が整ったのである。

「雄冬王さま、ご乗船ください」

雄冬王たち乗客が乗りこむと、遣唐使船の艪《ろ》が繰《く》り出《だ》された。ふたたび銅鑼が打ち鳴らされる。大型船出港の合図である。遣唐使船は船の間を縫《ぬ》って、ゆっくりと進み出した。

昼日中ではあるが、扉《とびら》をぴったりと閉《と》ざした本堂は真の闇《やみ》である。ただ本尊《けんぞん》の前にそなえられた灯明の明るさだけが、か細くあたりを浮《う》かび上《あ》がらせている。

灯明は時折、ジジジ……と揺《ゆ》らぎ、そのたびに一風変わった顔と複数の手を持つ本尊がまるで踊《おど》っているように見える。

隅《すみ》の暗がりの中に赤い一対《つい》の目のようなものが光り、その動きにつれて、ざわざわと何者かが動く気配がする。

「しっ、黙《だま》らぬか！」

幻恍が叱責《しっせき》すると、その気配はピタリと止《や》んだ。

幻恍は座《すわ》りなおし、目の前の相手に向かって平伏《ひれふ》した。相手が身分高い人間であり、今日は望みのものを持参してくれたからである。


「よくやってくれた幻恍。とうとう后《きさき》は安羅皇子と会ったか」

「はい、それはもう。たいそうお気に召《め》されたごようすで」

幻恍は、暗がりの中でにんまりと笑った。相手も用心深く衝立《ついたて》のむこうに座っているため、表情はうかがえないが上機嫌《じょうきげん》なことはまちがいない。

「何しろ日夜、麻薬《まやく》の入った香を焚《た》かせ、お后さまに吹《ふ》きこみましたからな。ついには霊《れい》夢《む》を得て、御仏《みほとけ》が安羅皇子をお名指しされたと言い出す始末。こちらの思惑《おもわく》以上のできでございました」

「よくやった、幻恍。褒美《ほうび》を取らせる」

くぐもった声で相手は答え、衝立《ついたて》の陰《かげ》から細長いものがさし出された。幻恍はにじり寄って、うやうやしくそれを受けとった。おおっている領巾《ひれ》とおぼしき布を広げると、キラリと光が目を射《い》た。

燦然《さんぜん》と輝《かがや》く宝剣《ほうけん》『ルタ』がそこにあった。……おお！　と思わず幻恍は震《ふる》えた。

「夢にまで見た宝剣でございます。これをこの国で手にできるとは、なんとありがたき幸せでございましょう！」

「手に入れるのに苦労したぞよ。あの娘《むすめ》の所にあるのでは、と思っていたが、むこうから運び出してくれるとはな。ならず者を雇《やと》って見張っていたかいがあったぞ。ともあれ、それがそちの手にあれば、このわしが天下を取れる。この大和の国がわが物となった暁《あかつき》にはそちは大僧正《だいそうじょう》として、仲良うともにこの国を治めようぞ！」

幻恍は宝剣を高く掲《かか》げた。黒ずんだ刀身は灯明の光に燃え立つように輝いた。

「宝剣『ルタ』！　ああ、とうとうわが手に！　どんなにこれを探《さが》し求《もと》めたことか！　これぞ吾《あれ》をなして神仙《しんせん》となすもの！　『ルタ』よ、吾に力を与《あた》えたまえ！」

その言葉に、宝剣《ほうけん》の輝きは増し、その怪《あや》しい光彩《こうさい》は幻恍の全身をつつむかに見えた。

ややあって、幻恍は宝剣《ほうけん》をつつみなおし、本尊《ほんぞん》の前にそなえた。

「それはそれとして、貴方《あなた》さまには今の天皇《すめらみこと》のご退位《たいい》の方が先決ではございませんか？いくら拙僧《せっそう》が跡取《あとと》りのおぜん立てをしたところで、ご退位なくば、それもむだなことでございます」

「そちが案ずることではない。天皇にはそちが調達してくれた例の薬を差しあげている。毎日少しずつ服すれば、じょじょに体を損《そこ》ない、ついには死に至《いた》るというのはまことか？」

「まことでございます。かの秦の始皇帝も飲まれた不老不死の妙薬《みょうやく》。『辰砂《しんしゃ》』、じつは水銀でございます。無味無臭《むしゅう》にて、何に混ぜてもだれにも気づかれることなく、お命をお縮《ちぢ》めいたします。秦の始皇帝も妙薬と信じこみ、それにて自ら死んだのでございます」

くくく、と、衝立《ついたて》のむこうからしわがれた笑い声が漏《も》れる。

「天皇のご容態は、すでに相当のところまで進んでいる。あの小うるさい雄冬王が唐に行って不在なのが、もっけの幸いじゃ。二週間後に開かれる定例の朝礼で、朝臣《あそん》どもが天皇に退位を迫《せま》るであろう。お后《きさき》までが推《お》しているとあって、朝臣どものほとんどが、安羅皇子に容易になびいておるからな。もっとも、わしのかがせた鼻薬もけっこう効いておるが。

　まあ、天皇親娘《すめらみことおやこ》はそれでしまいじゃ。後は安羅皇子を帝位《ていい》につけ、傀儡《かいらい》とするか。そののち、どこかの阿呆《あほう》を焚《た》きつけて反乱《はんらん》を起こさせ、そいつを討伐《とうばつ》した後に、わし自身が天皇になるか……」

「あきれたお人だ。そのお年で、まだそんな野望を？」

「その剣《つるぎ》には時間を操《あやつ》る力があるというではないか。それではわしをまことの不老不死にすることも可能であろう？」

「まことに、さようで」

　ふたりは声をそろえて高笑いした。その時、灯明の明かりが一瞬《いっしゅん》大きく燃えあがり、衝立《ついたて》のむこうに座《すわ》った大臣矢田部大麻呂《おおおみやたべのおおまろ》の姿《すがた》を、露《あらわ》にした。

「お気の毒な陛下《へいか》じゃ。この老いぼれた忠臣《ちゅうしん》をお信じになられたばかりに……」

　やがて、客人は立ち上がった。闇《やみ》の中から例のネズミのような僧《そう》が現れて、小さな明かりを手に先導する。

扉《とびら》が開かれた。外の光のまぶしさに思わず顔をおおった客人は、貴人《きじん》を乗せる輿《こし》に乗り、大勢の伴《とも》を従《したが》えて帰っていった。

それを見すましたように、寺の縁《えん》の下《した》から、小柄《こがら》な影《かげ》がするり、とすべり出てきた。すばやく左右を見わたし縁先《えんさき》に這《は》いあがる。影はそのまま柱を伝って寺の屋根に出ると、岩山の上にさし出た大きな松の木目がけてひょう、と飛んだ。木から木へと飛び移り、枝の上から山門を出ていく行列を見下ろした。

しげった葉の間から細い足がのぞいている。羽鳥《はどり》だった。羽鳥は満足そうににっこりと笑うと、その木から大きく跳躍《ちょうやく》した。しかし、どこへ着地したのか、そのまま少年の姿《すがた》は消えてしまった。

まるで鳥が飛び去ったかのようだった。

12 ヴァジュラ

音琴《おとこと》はあれから三日三晩《みばん》の間、昏々《こんこん》と眠《ねむ》った。

目がさめて後《のち》は、何回も熱にうかされたように、ヴァジュラの森から出ようと試みた。なんとしても幻恍《げんこう》の寺に行き、宝剣《ほうけん》を取り返そうと思いつめていた。森をぬけて、林を出て少し行くと、そこは見覚えのある都の通り、街並《まちな》みなのだった。聞いてはいたが、森は本当に都の外れに近い場所にあるのだった。街中のちょっとした木立の奥《おく》に、あの深い森がかくされているなんて。

しかし、音琴が出られるのはそこまでで、必ずヴァジュラか羽鳥《はどり》が現れて「まだ早いです」と、連れもどされるのだった。

「ひとりで行くなど危険《きけん》すぎます。じゅうぶんに調べてからですよ。貴女《あなた》のご夫君の手紙にも、くれぐれも行動は慎《つつし》め、自分がもどるまでは何もするな、と書いてあったでしょう？」

牛乳粥《ぎゅうにゅうがゆ》をすすめながら、軽く睨《にら》むような目でヴァジュラが言う。

「すみません。わたし……一日も早く、と思って」

「気持ちは分かります。それより、貴女《あなた》は結婚《けっこん》していたんですね。わたしにはその方がおどろきでしたよ。貴女はちっともそんな感じがしないから」

――結婚なんて……。そんなの形だけのものですもの。雄冬王《おふゆおう》さまはわたしのことなどなんとも思っていないのです。ただの座興《ざきょう》で求婚《きゅうこん》したとしか思えませんし、わたしだって好んでそうなったわけでもありません。お后《きさき》さまや天皇《すめらみこと》さまが決めてしまわれたので……。

音琴は牛乳粥に目を落とし、匙《さじ》でかきまわしていた。

「おやおや、それはないでしょう。手紙を読めば、彼《かれ》が貴女の代わりに、懸命《けんめい》に幻恍の正体を突《つ》きとめようと、走り回ったことが分かりますよ。彼は貴女を信頼《しんらい》し、大切に思っていると思います。どうでもいいと思っている女性のために何日もかけて、あの険しい道を崑崙山《こんろんさん》まで行く男などいません。貴女だってそれは感じていることでしょう？」

そう言われると音琴も分からなくなってしまう。思い返せば思い返すほど、自分は雄冬王にやさしくされた覚えがない。

——本当にわたし、あの方のことが分からないのです。なぜ、……こんなわたしなどに、目をとめたのか。いつも子ども扱《あつか》いされて、……そっけなくあしらわれて、……ほったらかしにされて、……わたしは自分がみじめに思えてならないのです。

牛乳粥《ぎゅうにゅうがゆ》をかきまわし、言葉を探《さが》して言《い》い訳《わけ》をしているうちに、粥はますますドロドロになってしまった。ヴァジュラは微笑《ほほえ》みながら椀《わん》を取り上げた。

「貴女《あなた》だってじつは、その雄冬王さんを好いているんですよ。自分でそれに、気づいていないだけです。だって、冷たくされるのを怒《おこ》るのは、本当はその人からやさしくされたいからですよ。だれも嫌《きら》いな人からむやみにかまわれたり、愛の告白をほしいなんて思いませんからね。残念ながら、貴女は心の奥底《おくそこ》の、自分でも気づかない場所で雄冬王さんを愛しているのです」

——残念ながら？

「ええ、わたしがその人なら、貴女をこうしてひとりになどしません」

——え、え、え、何ですって？　ヴァジュラさま、それは……？

ヴァジュラは立って小屋の外に出た。いつもの瞑想《めいそう》の木を見上げ、根元に腰《こし》を下ろした。音琴もついていった。

「……まあ、お聞きなさい。……はるか昔、このわたしにも恋《こい》する女性がいました。けれどもわたしは彼女《かのじょ》の愛に気づかなかった。……もちろん、自分の気持ちにも。わたしが自分のかくされた恋心を知ったのは、……彼女が他の男の妻となった時でした。いや、実際には知っていた。しかし、立場や自尊心《じそんしん》やつまらないことがわたしの目をふさいでいたのです。……おろかなことでした。

そして、お互《たが》いが心を打ち明け合ったのは、彼女が病に倒《たお》れ、死の床《とこ》についてからでした。時、すでにおそく。ほどなくして彼女は旅立ち、わたしの恋心はひとり残されてしまいました……」

ヴァジュラはその青い目で、遠いところを見るように、淡々《たんたん》と話した。音琴は言うべき言葉が見つからなかった。

――ヴァジュラさまにそんなことがあったなんて……。この方は、国を失ったと聞いた。そしてまた、愛する人をも……。

「……とにかく遠い昔のことで、わたしもすっかり忘《わす》れていたのですよ。しかしまあ、思いのほか恋心《こいごころ》というのは厄介《やっかい》なものです。一度すれちがうと、一生そのままということもあるのです。

わたしはただ、貴女《あなた》にわたしがしたようなおろかな過《あやま》ちを犯《おか》してほしくないのです」

――……なんとおっしゃるお方だったのですか？　その……ヴァジュラさまが愛したお方は……？

ヴァジュラは一瞬《いっしゅん》目を閉《と》じ、そして空を見上げてささやくように言った。

「……ヴィーナ、と言いました」

そう言って立ち上がり、衣《ころも》のすそを軽く払《はら》いながら、笑った。

「とてもとても古い思い出ですよ。もう忘《わす》れてください」

――遠い昔……、音琴は不思議に思った。ヴァジュラはふだん、二十代の若《わか》さにしか見えない。その人が遠い昔とはいったいどのくらい前のことなのだろうか？

ここでともに暮《く》らすようになって、音琴はしばしば、不思議に思うことがあった。ヴァジュラは若い男にしか見えないのに、時々百歳《さい》をこえる老人のように感じることがあったからだ。

その青い目は何世代もこの世を見てきた人のように深く、底知れなかった。

ヴァジュラはただの人ではない、と思った。

いや、ヴァジュラだけではない。羽鳥でさえ初めて会った時とは違《ちが》ってきている。ただの南の島の孤児《こじ》だったはずが、近頃《ちかごろ》はあまりにもとつぜんに現れては消える、ということがひんぱんに起こるようになっている。

高い木にするすると登っていき、枝にまたがって足をぶらぶらさせている。と思うとそのままくるりと後ろにひっくり返り、いきなり落下する。

——危《あぶ》ない！　とおどろいて木の根元に駆《か》けつけると、そこにはおらずに、どこかへ消えてしまっている。それが小半時ほどで、けろりと何事もなかったように帰ってくるのが、不思議だった。

音琴はこのふたりが本当に人間なのか、もしかしたらうわさに聞く、神仙《しんせん》とやらではないかと疑《うたが》いはじめていたのである。

そこへ当の羽鳥が、例によっていきなり現れた。

「お師匠《ししょう》。お姉さん。宝剣《ほうけん》が暗福寺《あんぷくじ》に持ちこまれた。俺《おれ》が見てきた」

——本当ですか⁉　持ちこまれた、とは？

「后《きさき》にノントカの皇子《みこ》を会わせた褒美《ほうび》、とか言って客人が幻恍に宝剣《ほうけん》を与《あた》えたんだよ」

——与えた？　客人？　それではわたしから宝剣を奪《うば》ったのは幻恍ではなかったのですね？

羽鳥は耳にしたことをすべてふたりに話した。

「それでは幻恍には協力者がいるというわけか。客人とはいったい何者だろうか。天皇《すめらみこと》の命を縮《ちぢ》める、帝位《ていい》を奪うなど、尋常《じんじょう》ならぬ謀反《むほん》の企《くわだ》てだ。音琴さん、心あたりはありますか？」

音琴は頭をふった。

——だれだろう、安羅皇子《やすらのみこ》の話が出たということは、皇女《ひめみこ》さまの立太子に反対する一派《いっぱ》のだれかかもしれないけど。わたしには見当もつかない。それに天皇さまに毒を盛《も》るなんて、なんて恐《おそ》ろしいこと……。

——ヴァジュラさま、一刻《いっこく》も早くなんとかしないと！

ヴァジュラは無言でうなずいた。

「けど、気をつけないと。とにかく、かなりのお偉《えら》いさんだよ。俺《おれ》は縁《えん》の下《した》で顔までは見えなかったけど、帰りはすげえ立派《りっぱ》な輿《こし》に乗って、山ほど家来を連れて帰っていったから」

「……分かった。何にしろ、まず、宝剣《ほうけん》が先だ。そろそろ暗福寺に出かけるとしましょう。どんなしかけがあるかわかりませんが」

音琴が立ち上がった。

——ヴァジュラさま、お願いがあります。

ふたりが音琴を見上げた。音琴の顔にはもはや、あの気弱な少女の面影《おもかげ》はなかった。

——どうか、わたしに先峰《せんぽう》をつとめさせてください！

第三章

嵐《あらし》の果て

13 魔《ま》の迷《めい》宮《きゅう》

その日、流れる雲は速く、さっと陽がさしたかと思うと、あっという間にどんよりと雲が垂《た》れこめる、目まぐるしい天気だった。夕方にはぶ厚い黒雲が出て、ねっとりとした闇《やみ》夜《よ》が都をおおった。妙《みょう》に温かく湿《しめ》った大気に、嵐《あらし》が近いと感じた人々は、早々に家にこもり、戸をぴったりと閉《と》ざした。嵐の前の静けさの中で、鳴く虫の音だけが高かった。

とはいえ、幻恍《げんこう》の寺、暗福寺《あんぷくじ》だけは夜昼なしに扉《とびら》を閉ざしているので、何の変化もなかった。

幻恍は祭壇《さいだん》の前でマントラを唱えていた。本堂の中はいつものように祭壇の灯明だけで、隅《すみ》の方は暗闇《くらやみ》に沈《しず》んでいる。

念願の宝剣《ほうけん》は手に入ったものの、その力を引き出す呪文《じゅもん》を使ったことはない。幻恍は心を鎮《しず》めて魔神《まじん》に祈《いの》りをささげ、試《ため》してみようと考えた。香をそなえ、祈りにかかる。

が、ふと背後《はいご》に人の気配を感じて、ふり返った暗がりの中に確かにだれかが立っている。おかしい、この本堂に入りこめる者などいないはず。衛士《えじ》は何をしているのだ。舌打《したう》ちをして、幻恍は灯明をそちらに近づけてみた。

影《かげ》は、ひとりの女の姿《すがた》になった。

「音琴姫王《おとのことのおおきみ》！」

音琴はしずしずと明かりの中に進んだ。

「これは、これは。音琴姫王殿《どの》、こんな夜にどうしてここに？　何か拙僧《せっそう》にご用かな？

……おお、そうでした。いつぞやお父上のことをお話ししよう、と申したのでしたな。

しかし、今ここでは、ちと……。また、日をあらためて別のところで……」

——父上の……？

音琴は、幻恍に向かってせいいっぱい不敵《ふてき》に笑ってみせた。じつのところ足は震《ふる》えていたし、実際に幻恍を目の前にすると、気がくじけそうだった。しかし、幻恍の光る目がわずかに揺《ゆ》らいだことも音琴は見逃《みのが》さなかった。相手は確かにうろたえている。

——……負けない！

音琴は、奥歯《おくば》をかみしめ、腹《はら》にぐっと力を入れると声を張り、歌を詠《よ》みかけた。

「つみなきに
　なすりて歌ふ　うそどりよ
　　うそなきどりの　声ぞみにくき」
（罪のない人に、罪を擦《なす》りつける。そんな嘘《うそ》をかたる声こそ醜《みにく》いかぎりです）

幻恍は面食らった。こんなはずではない。自分の舌先三寸《したさきさんずん》で転がせる、いつもおどおどとうつむいていた小娘《こむすめ》とはまるで別人だ。堂々とした声で、自分の嘘を見抜《みぬ》き、糾弾《きゅうだん》しているではないか。

「な、何を……とんだ勘《かん》ちがいをしておられるようだ。拙僧《せっそう》は、ただ……」

と、しどろもどろにうろたえている。相手の動揺《どうよう》を見て、音琴はすうっと落ちついた。勝てる、と思った。幻恍を見すえたまま、手のひらを幻恍に向かって突《つ》きだし、ぶつけるように歌った。

「泥手《どろて》にて
　盗《ぬす》みし剣《つるぎ》　返さずば

吾《あ》が手に取らむ　父の形見を！」

（泥《どろ》よごれの手で盗《ぬす》んだ剣《つるぎ》を返しなさい。でないとわたしが自分で奪《うば》い返《かえ》します。それは父上の残した形見なのだから！）

「な、何を申すか！　とんだ言いがかりだ。あらぬことを言い立てると、役人を呼《よ》ぶぞ！」

幻恍は、片手《かたて》に持った念珠《ねんじゅ》をふり立てて怒鳴《どな》った。音琴はもはやひるむことなく、一歩大きく踏《ふ》み出《だ》すと、念珠をひったくった。床《ゆか》に投げつけて、沓《くつ》で踏みにじった。じゃりじゃりと大きな音を立てて数珠玉《じゅずだま》が砕《くだ》け散《ち》る。あっけにとられていた幻恍もついに地金を出したか、

「生意気な小娘《こむすめ》が！　おお、確かにお前の父は善人《ぜんにん》だったぞ。ただ、唐《とう》で吾《あれ》の鼻先から宝《たから》をかすめとってかくしたのが憎《にく》いだけじゃ。しかし、それが分かったとて、お前ごときに何ができる？　口もきけぬ小間使いの小娘にすぎぬお前が！」

音琴はおもむろに指を上げて、宮殿《きゅうでん》を指ししめし、凜々《りんりん》とした声で歌った。

「吾《あ》が歌は
天聞く　地聞く　しろしめす
吾が君なれば　音琴をぞ聞く！」
（わたしの歌は天と地が聞いている。ましてやこの国を支配なさる天皇《すめらみこと》は、必ずこの音琴の言葉を聞いてくださるでしょう！）

その声は光に似て、闇《やみ》をつらぬき、あたりに反響《はんきょう》し、祭壇《さいだん》の仏具がちりちりと震《ふる》えるほどだった。天皇に告げるぞ！　歌のまっすぐな力に、幻恍は、思わず耳をおさえた。

「くそ！　生意気な小娘《こむすめ》が！」
幻恍は、ふっ、と灯明を吹《ふ》き消《け》した。真の闇が生まれた。
「大灰坊《だいかいぼう》！　その小娘の喉笛《のどぶえ》を食いちぎれ！」

闇の中にかっと燃える、真っ赤な目が現れた。ざわざわと音がして、何かがうごめいている気配がする。音琴はさすがに不安になり後ずさった。気配と音はますます大きく、近づいてくる。生臭《なまぐさ》い息、ぎいいっという鳴き声が耳のそばであがった。

——化け物！

その瞬間《しゅんかん》、むき出された長い黄色い歯が、がぶりと首筋《くびすじ》に食らいついた！　と思った。

音琴が身を固くする。ブン！　と、風を切る音がして、ガツン！　と、骨《ほね》をたたき折る鈍《にぶ》い音。ぎゃっ、化け物が叫《さけ》ぶ。音琴が顔を上げてみると、一点からの青い光がその場を照らしだしていた。足元には頭を砕《くだ》かれた大ネズミがのたうっている。


そしてヴァジュラが錫杖《しゃくじょう》を手に立っていた。光はその錫杖の上から出ていた。大ネズミはもがきながら、いつぞや会った、灰色《はいいろ》の衣《ころも》の僧《そう》に姿《すがた》を変えた。うごめきながら、音琴に向かってくる。音琴が悲鳴をあげた。

ヴァジュラは表情も変えずに、錫杖をふり下ろし、とどめを刺《さ》した。

犬ほどもある、大ネズミの死体が転がっている。あの坊《ぼう》さんの正体がネズミだったとは、と音琴はあらためてゾッとした。

「やれやれ、使い魔《つかま》まで使えるようになったとは、よほど唐では修行《しゅぎょう》したようだな。幻恍上人《しょうにん》」

ヴァジュラは光を放つ錫杖を持ち、片手《かたて》で音琴をかばって立っている。青い光が大きく広がり闇を払《はら》い、まぶしさに袖《そで》で顔をおおって立ちすくむ幻恍の姿《すがた》を露《あらわ》にした。

「我《わ》が名はヴァジュラ。宝剣《ほうけん》『ルタ』の正当な持ち主である。なぜなら、その柄頭《つかがしら》にはめこまれた金剛石こそ、このヴァジュラの魂《たましい》だからだ。宝剣『ルタ』はお前などが使えるものではない。返すのだ」

うこん色の簡素《かんそ》な衣《ころも》を巻《ま》きつけ、片側《かたがわ》に束ねた髪《かみ》、足には軽い革《かわ》の履《は》き物《もの》だけの若《わか》い異《い》国人《こくじん》は、その空を思わせる青い目をまっすぐに幻恍上人に向けている。

「ヴァジュラだと？　聞き覚えがある。……そうだ、あの崑崙山《こんろんさん》の香南寺《こうなんじ》に宝剣を預《あず》けた男が確かそんな名前だった。それがこの東の果てまで追ってきた、だと？　冗談《じょうだん》を言うな。この剣《つるぎ》さえあれば、吾《あれ》はこの世で一番強い魔導士《まどうし》となれるのだ。あいにくだが、その小娘《こむすめ》ともどもこの暗黒の迷宮《めいきゅう》の中で果てるが良《い》い！」

幻恍はそう叫《さけ》ぶと、さっと衣をひるがえした。幻恍の姿がふっと消え、あたりの闇《やみ》がグンと濃《こ》さを増す。その分、ヴァジュラの灯《とも》す光は小さくなった。闇はだんだんと濃密《のうみつ》になり、本堂の建物ごと、丸い球となってふたりをつつみこんでいった。

闇の球がぐるぐると回りはじめた。

上も下もない真《ま》っ暗闇《くらやみ》の中でふたりは足場を失い、這《は》いつくばって漂《ただよ》うしかなかった。今やヴァジュラの錫杖《しゃくじょう》の光は蛍《ほたる》の光ほどに縮《ちぢ》み、黒い水のような濃《こ》い闇の中を、得体の知れない長虫や幽鬼《ゆうき》のような魑魅魍魎《ちみもうりょう》がうごめき泳いでくる。音琴は悲鳴をあげたが、その声も闇に吸《す》いこまれるように消えてしまう。恐怖《きょうふ》が襲《おそ》ってきた。

ヴァジュラがそばに漂ってきて、かろうじて立たせてくれた。

「落ちついて。これはただの目くらましだ」

「目くらましだと？　そう思うなら、これはどうだ？」

幻恍の声が響《ひび》いた。その方を見上げると、本尊《ほんぞん》の祭壇《さいだん》にパッと明かりがつき、本尊の三つの目がカッ！　と、見開かれた。信じられないことだが、木で造られた仏像、いや、魔《ま》神像《じんぞう》は、そのままメリメリと音を立てて立ち上がり、ふたりに向かってきたのである。

三対《つい》の腕《うで》にそれぞれ槍《やり》、刀、斧《おの》などの武器を持ち、それをものすごい勢いでふり回し、繰《く》り出《だ》して迫《せま》ってくる。ヴァジュラは錫杖で払《はら》い、跳《は》ね返《かえ》しながら後ろに音琴をかばう。音琴の頭の横を、うなりをあげて斧がかすめていく。魔神はますます攻撃《こうげき》の速度を速め、迎《むか》え撃《う》つヴァジュラも、水車のように錫杖をふり回して刀を弾《はじ》き、魔神の腕を折った。しかし、なんといっても生身ではないので、こたえた風もない。壊《こわ》れたままで、なおも向かってくる。

踏《ふ》みどころのない闇《やみ》の中で、逃《に》げまどう音琴は足を取られ、倒《たお》れた。そこへ魔神《まじん》の刀がふり下ろされた。

——危《あぶ》ない！

だれかの心語《しんご》が、頭の中に響《ひび》いた。


そしていきなり、バサバサという羽音がして、大きな羽が目の前をかすめ、魔神の顔に張りついた。鷲《わし》だった。羽を広げると三メートルはありそうな、大鷲だった。鷲は大きな力強い翼《つばさ》で、魔神をたたき、その頭をがっしりと鋭《するど》い爪《つめ》でつかんだ。魔神は鷲をたたき落とそうと躍起《やっき》になって武器をふり回すが、届《とど》かない。鷲は魔神の顔に回り、その三つの目をつつく。

うおおおおお……ん！　魔神が絶叫《ぜっきょう》する。ついに三個の目がほじくり出されると、魔神の動きがピタリと止《や》み、動かなくなった。元の木像にもどったのだった。鷲はひらりと滑空《かっくう》してきて、ヴァジュラの肩《かた》にとまった。

「おのれ、ヴァジュラ！」

幻恍もまた、闇《やみ》の中に浮《う》かび、こちらを憎々《にくにく》しげに睨《にら》んでいる。その手には宝剣《ほうけん》『ルタ』がにぎられている。

「幻恍！　これまでだ！　『ルタ』を返せ」

ヴァジュラが叫《さけ》ぶ。

「しゃらくさい！　これでもくらえ！」


幻恍は手のひらから紫色《むらさきいろ》の火球を取り出し、投げつけてきた。球はほどけて紫の煙《けむり》となり、その中から竜《りゅう》が現れ、ヴァジュラに襲《おそ》いかかる。ヴァジュラは手にした錫杖《しゃくじょう》を、トン、と突《つ》いた。錫杖から黄金の影《かげ》が走り出て、これは虎《とら》の形をとった。両者の中間で、虎と竜は火花を散らしつつ闘《たたか》った。竜が長い体を巻《ま》きつけようとすれば、虎は下から牙《きば》をむいた。

幻恍とヴァジュラの念がぶつかり合い、押《お》し合《あ》った。

ついに虎が竜の喉笛《のどぶえ》に食らいつき、引《ひ》き裂《さ》いた。竜は煙にもどり、幻恍の手に逆流する。

「うわあっ！」

幻恍が片手《かたて》をおさえてうずくまった。片手の衣《ころも》からぶすぶすと、煙《けむり》があがっている。

ヴァジュラは虎《とら》を錫杖《しゃくじょう》に納《おさ》め、幻恍に迫《せま》った。追いつめられた幻恍は、宝剣《ほうけん》をふりかざした。

「幻恍、『ルタ』を使う気か！」

「そのとおりだ！　いつ試《ため》そうかと思っていたが、いい機会だ。まず、お前たちをどこぞ遠い過去にでも送ってやろう！　二度と吾《あれ》の邪魔《じゃま》はさせん！」

そう言うと、剣《つるぎ》をかかげ、何事かつぶやきはじめた。

「止《や》めておけ、幻恍。お前には『ルタ』は使えない。お前は本当の呪文《じゅもん》を知らないのだ。正確に唱えなければ恐《おそ》ろしいことになるぞ。幻恍、剣を渡《わた》せ！」

幻恍はせせら笑った。

「断る！　お前たちこそ、この『滅《ほろ》びの剣』の威力《いりょく》を知るがいい！」

幻恍は音琴たちを剣で示した。ついで、切っ先でそのまわりをぐるりとなぞると、呪文を唱えはじめた。

「カドゥーガ、ガドゥガ、ナーマ……」

「止《や》めろ！　その呪文《じゅもん》ではない！　やはりお前は知らないのだ。それ以上唱えてはならぬ！」

ヴァジュラが叫《さけ》ぶ。幻悦はなおも念をこめ、唱え続ける。

宝剣《ほうけん》がかすかな燐光《りんこう》を発して輝《かがや》きはじめた。

暗黒の中にバリバリと雷鳴《らいめい》が響《ひび》き、『ルタ』の切っ先から稲光《いなびかり》が走り出た。潮《しお》に似た匂《にお》いが立ちこめ、音琴は肌《はだ》がひりひりするのを感じた。

——わたしたちをどこかに送る、ですって？　これがそれなの？　わたしたちはこの世界からいなくなる、ということ？

キインという音がして、頭が痛《いた》い。その金属音が最高潮《さいこうちょう》に達した瞬間《しゅんかん》、稲妻《いなずま》が一点に集中し、爆発音《ばくはつおん》とともに幻悦のものすごい絶叫《ぜっきょう》が響いた。

そして、とつぜんにすべてが止んだ。

静寂《せいじゃく》の中に、音琴とヴァジュラ、大鷲《おおわし》はいた。ふたりと一羽《わ》は闇《やみ》の迷宮《めいきゅう》の中に漂《ただよ》っていたが、幻恍の姿《すがた》はもうそこになかった。幻恍のいたあたりに宝剣《ほうけん》が浮《う》かび、まだ怪《あや》しい光を発している。ヴァジュラは剣《つるぎ》を取ると、口の中で何事かつぶやきながら、刀身をやさしくなでてあげた。剣は光を消した。ヴァジュラは衣《ころも》の一部を裂《さ》くと、しっかりと剣をつつんだ。

——……いったい何があったのでしょうか。わたしには……。

「幻恍はまちがえたのです。呪文《じゅもん》をひと言でもまちがえたら、『ルタ』の力は別の方向に働いてしまう。わたしたちに向けた力を逆に自分に向けてしまった、と思います」

——それでは幻恍が、どこか過去の世界に行ってしまった、と?

ヴァジュラは、青い目を音琴に向けて、首をふった。

「いいえ、幻恍は……『時の狭間《はざま》』に自分を送ってしまいました」

意味はよく分からなかったが、音琴は背筋《せすじ》がゾクゾクした。

「とにかく、幻恍は過去にも現在、未来にも存在《そんざい》できなくなった、ということです。大勢の命を奪《うば》った、あの男にはふさわしい罰《ばつ》かもしれない」

——まあ、ともかくバンザイってことだよね。

音琴は自分以外の心語《しんご》を聞いてびっくりした。大鷲《おおわし》が目をくるくるさせて見上げている。

——羽鳥《はどり》さん？　貴方《あなた》、羽鳥さんなのね？

——そうだよ。この格好だとお姉さんの言葉も聞けて、ある種、便利だね。おどろいただろ？　俺《おれ》、最近こういうこと、できるようになったんだ。

——こういうことって？

音琴はおどろいてヴァジュラを見た。

「思い出したのだな、ガルダ（鷲）よ」

鷲はしっかりとうなずいた。何のことか音琴には分からなかった。

「それよりも、早くここを出ましょう。ここには多くの幻惋の魔術《まじゅつ》がかかっている。彼《かれ》がいなくなった今、何が起きるか分からない」

確かに、あちこちでメリメリ、バキバキと、何かが壊《こわ》れる音が聞こえてきた。ヴァジュラはもう一度、錫杖《しゃくじょう》の光を強めるといっきにまわりを薙《な》いだ。闇《やみ》の球がゆがみ、砕《くだ》け散《ち》った。

迷宮《めいきゅう》が消え去ると、錫杖《しゃくじょう》の光の中にがらんとした本堂、壊《こわ》れた祭壇《さいだん》と魔神像《まじんぞう》が浮《う》かび上《あ》がるのみだった。

——幻恍は本当にいなくなったのだ。

そう思うと、あらためて震《ふる》える思いだった。

そして、その幻恍の寺もギシギシと揺《ゆ》らぎ、くずれはじめていた。いきなり音を立てて土壁《つちかべ》がくずれ、壊れた魔神像をおおった。

「早く出ましょう。ここは危《あぶ》ない！」

——待ってよ！　俺《おれ》、この姿《すがた》になると、かんたんにもどれないんだよ。

羽鳥のベソかき声が、そのまま心語《しんご》で聞こえて、そんな場合ではないのに、音琴は妙《みょう》におかしかった。

「お前はそのまま飛んで出なさい」

ヴァジュラが扉《とびら》を蹴倒《けたお》しながら言うと、羽鳥は大きく羽を広げ、バサリと風を切って、飛び去った。

ふたりもそれに続いて、外に飛び出した。走りに走って山門に達した時、轟音《ごうおん》をあげて暗福寺はくずれ落ちた。

14 嵐《あらし》

夜中にもかかわらず、その音に付近の住民が集まってきた。

「やあ、やあ。これはいかなことじゃ。ここにあった寺がのうなっておるぞ！」

「いや、ひどい土ぼこりじゃ！」

「それにしても夕刻《ゆうこく》までは立派《りっぱ》に建っていたものを。まあ、かなり怪《あや》しげな寺ではあったがな」

音琴《おとこと》とヴァジュラは人目につかぬように木陰《こかげ》にかくれた。

――ヴァジュラさま、こうして宝剣《ほうけん》が貴方《あなた》の手にもどって何よりです。わたしも父の思いをはたせました。それから、恐《おそ》ろしかったけれど、自分にあんなことができるとは、思いませんでした。思い出すと、今もこわいです。

足がまだ震《ふる》えていた。ヴァジュラは音琴の肩《かた》に手を置き、目をのぞきこんだ。

「無理もありません。貴女《あなた》は、人智《じんち》を超《こ》える経験をしたのです。ありがとう、音琴さん。貴女が勇気を持って立ち向かってくださったおかげで、わたしはこれを取りもどすことができたのです。音琴姫王《おとのことのおおきみ》、貴女はすばらしいお方だ。貴女のような女性と巡《めぐ》り合《あ》えて良かった……」

音琴は赤くなった。そして、ちょっぴり涙《なみだ》ぐんだ。こんな風に言われたことはなかったから。

――わたしこそ、です、ヴァジュラさま。ありがとうございました。今までのこと、あの森で過ごしたことは忘《わす》れません。きっと、ずっとわたしの宝《たから》となるでしょう……。

言いながら、音琴は自分が別れを告げていることに気づいた。そうだ、宝剣《ほうけん》を取りもどした以上、ヴァジュラはこの国を去るだろう。そして羽鳥《はどり》も。わたしたちはもう……。

「……そうです。音琴さん、わたしはこの足で難波津《なにわづ》に向かい、この国を出ます。『滅《ほろ》びの剣《つるぎ》〝ルタ〟』を早く国外へ持ち出さねばなりません。お名残《なご》り惜《お》しいですが、これで……」

また、涙が出そうなくらいさびしい。でも、しかたがない。音琴はただ、うなずくだけだった。

ヴァジュラが歩き出そうとした時、その鼻先をかすめるようにして、ただ一騎《き》の騎馬《きば》が音を立てて走りすぎた。

——何だろう？　こんな夜ふけに。身なりからすると役人のようだったけど……？

騎馬は野次馬を蹴散《けち》らして、宮殿《きゅうでん》に向かって走っていく。

「あれは、急使じゃな。この夜ふけに飛ばしていくとは。よほどの重大事であろうな」

ガヤガヤと人々が騒《さわ》ぎはじめて、しばし、ヴァジュラも動けずにいた。そのうちに宮殿の方向から走ってくる者たちがあった。ようすを聞くために行った者たちらしい。

「分かったぞ。門番に聞いたのじゃ。遣唐使船《けんとうしせん》が難波津の先で、沈《しず》んだそうじゃ！」

音琴の心臓《しんぞう》がドキリとした。……遣唐使船？

「なんと！　おお、嵐《あらし》が近いと思っていたが、海はもう大荒《おおあ》れだったのか」

「しかも遣唐副使が乗った船じゃそうな！」

……副使？　それは雄冬王《おふゆおう》さまのことでは？　雄冬王さまの船が沈んだというの!?

音琴の目の前が急に暗くなった。

船は大きく揺《ゆ》れていた。

唐《とう》の登州《とうしゅう》を出てから船泊《ふなどま》りを入れても十日あまり。無事領海に入り、筑紫《つくし》から内海を順調に帰ってきた。帰りの遣唐使船《けんとうしせん》は二隻《せき》、遣唐副使のみの帰還《きかん》である。

難所《なんしょ》の紀伊水道《きいすいどう》も越《こ》え、ここまで来れば奈良の都はもう目の前。副使雄冬王もほっとして船屋形を出た。

青い海、遠くにかすむ大和《やまと》の山々。唐土《とうど》とは違《ちが》う、やさしくやわらかな風景。甲板《かんぱん》に出た雄冬王は、大きく伸《の》びをして息を吸《す》いこんだ。

しかし、ふと船尾《せんび》を見ると、船人たちの動きがあわただしい。船事が浮《う》かぬ顔であちこちへ指図して回っている。

「どうしたのだ？　何かあったのか？」

「嵐《あらし》が来ますんで……」

「嵐？　こんなにも晴れているのに？」

そう言って小半時もしないうちに、黒ずんだ雲が広がり、いきなりザッと横なぐりに雨が降《ふ》ってきた。風が強まり、海はうねった。

「雄冬王さま、中へお入りを！」

船はあっという間に暴風雨の中に突入《とつにゅう》していた。舳先《へさき》では神官が、必死に住吉《すみよし》の神に海を鎮《しず》めるよう祈禱《きとう》をささげている。しかし夜になっても、波は静まるどころか、いっそう大荒《おおあ》れとなった。風は吠《ほ》え、海は轟《とどろ》いた。

船は、塔《とう》ほどの波頭《なみがしら》に乗せられたかと思うと、次は真っ逆さまに谷底に落ちていく。船屋形の中では、皆《みな》が荷物や家具をおさえるのに必死で、大揺《おおゆ》れに転げて立ち上がることができない。雄冬王がようすを見ようと戸をこじ開けると、とたんにざぶりと頭から波をかぶった。

「荷を捨《す》てよ！　少しでも軽くして、皆《みな》の安全をはかれ！」

雄冬王は命じた。船を軽くするよう指示したのは、過去の遣唐使船《けんとうしせん》の遭難《そうなん》が、積み荷の過積載《かせきさい》によるものが多かったからである。

唐から持ち帰った土産物《みやげもの》や輸入品、食糧《しょくりょう》が次々と海に投《な》げ捨《す》てられた。安定をたもつために、平底に作られている遣唐使船ではあったが、それでも船は木の葉のように波に翻弄《ほんろう》され、もはや舵《かじ》もきかぬありさまである。帆《ほ》を連ねてきたはずのもう一隻《せき》も流されたのか、見えなくなっている。皆うずくまって、ただ神のご加護を祈《いの》るしかすべはなかった。

雄冬王は抱《かか》えていた手箱の中から、玄宗皇帝《げんそうこうてい》の勅状《ちょくじょう》を取り出し、水にぬれぬように手早く油紙につつんだ。ついでに、登州で求めたあの白い花の簪《かんざし》も取り、ふところに入れた。

甲板《かんぱん》に出ると、吊《つ》るされた篝火《かがりび》を頼《たよ》りに、雨と波をかぶりながら、船人たちが必死で船を立て直そうとしているのが見えた。

「今は、どのあたりにいるのだ？」

雄冬王もずぶぬれで、大声で船事にたずねた。その声も波風に引きちぎられるようだった。

「大分流されているので分かりませんが、紀国《きのくに》か、淡路島《あわじしま》に近いと思います」

暴風雨の中で、船事が叫《さけ》ぶように答える。

「あとわずかで難波津、というところだな」

「へえ、しかしもう見えるはずの飽等《あくら》の灯明台（灯台）の火が見えません。これでは陸の方角も距離《きょり》も分かりません！　ここいらは岩礁《がんしょう》が多いので……」

海も陸も見分けられない真っ暗な中を、とつぜん稲光《いなびかり》が走り、一瞬《いっしゅん》、陸地がうかびあがった。

「危《あぶ》ない！　近づきすぎだ！　浅瀬《あさせ》に乗り上げるぞ！　舵《かじ》をきれ！」

時おそく、すでにものすごい速さで、目の前に崖《がけ》が迫《せま》ってくる。

「ぶつかるぞーっ！」「うわあっ!!」

どおん！　という衝撃音《しょうげきおん》とともに船はすさまじい打撃《だげき》に大きく傾《かたむ》く。ガリガリと船の横腹《よこばら》を岩が削《けず》る。どっと水が流れこみ、沈《しず》む船から、雄冬王は海中に投げ出された。

――なんということだ！　大和を目の前にして、こんな所で……！　吾《あれ》は使命もはたさず死ぬのか。そして、ああ、音琴よ。そなたにもう二度と会えぬままに……愛を素直《すなお》に伝えられぬままに……！

船が沈む、その大渦《おおうず》に巻《ま》きこまれて、下へ下へと引きこまれていく。

――すまない、音琴。もう一度そなたに会いたかった……愛していた。だれよりも……。

雄冬王の意識は暗黒の水中に、深く深く飲みこまれていった。

「気がつきましたか？　音琴さん」

ヴァジュラの心配そうな顔がのぞきこんでいる。気を失った時からそう時間はたっていなかったのだろう。音琴は身を起こした。

——ヴァジュラさま、遣唐使船《けんとうしせん》が沈《しず》んだというのは……。

「本当のようです。貴女《あなた》を介抱《かいほう》している間に、人々が話しているのを聞きました。夜のことだったようです。海は大しけで、難波津への入り口で遭難《そうなん》したようです。遣唐副使が乗っていたとか……」

——副使……！　それでは、やはり雄冬王さまの船だったのだわ！

音琴は顔をおおった。なんということだろう！　あの方の船が沈んだ！

——ヴァジュラさま、わたしを難波津へお連れください！

「音琴さん、しかし……」

——どうしても行きたいのです。船が沈んだとしても、助かった人もいるかもしれない。

明け近い空に、とつぜん稲妻《いなずま》が光ったかと思うと、雷鳴《らいめい》が轟《とどろ》いた。木々に吹《ふ》きつける風がいちだんと強くなった。嵐《あらし》が近づいている。

「これはザッと来そうな空じゃ。こんな時に外にいるだけでも恐《おそ》ろしいわい。くわばら、くわばら」

野次馬は散り散りに家に入っていった。音琴も不安になった。

――嵐《あらし》が来る。いえ、わたしは嵐に向かっていくんだわ。でも、今のわたしの足で難波津まで行けるのだろうか？　行ったとしても望みはあるのだろうか。……それでも、わたしは雄冬王さまに会いたい！　……わたしの大切なあの方に、……どうしてももう一度会いたい！

祈《いの》るような気持ちでヴァジュラを見た。ヴァジュラも音琴を見ていた。

「行きましょう。ともに難波津へ！」

ヴァジュラはヒュッと口笛を吹《ふ》いた。風の中をあの大鹿が走ってきた。ヴァジュラの前で止まり、頭を下げた。おどろく音琴に、

「さあ、乗って」

そう言って音琴を鹿の肩《かた》に押《お》しあげ、ヴァジュラもその後ろにまたがった。

「しっかりと角をつかんで！」

音琴は夢中で、駒《こま》ほどもある大鹿の立派《りっぱ》な五層《そう》の枝角をにぎりしめた。

とたんに鹿は軽々と跳《は》ねるような足取りで駆《か》け出《だ》した。夜明け方、無人となった都大路

をまたたく間に駆《か》けぬけた。羅城門《らじょうもん》の門衛には何が通ったか分からなかっただろう。飛鳥野《あすかの》をぬけ、橿原《かしはら》を走った。ヴァジュラが後ろから支えてくれているとはいえ、駒《こま》にさえ乗らない音琴は目がくらみそうだった。今は、ものすごい速さで山を目指している。

生駒山《いこまやま》だろうか。その山すそを闇坂峠《やみさかとうげ》とよばれる難波津への細い道が通っている。

「闇坂が難波津へ向かう一番の近道なんです」

もう陽《ひ》はのぼっているころだろうに、ふだんでも暗いうっそうと木々におおわれた急傾《きゅうけい》斜《しゃ》の峠道《とうげみち》は、今は雨雲のせいでその名のごとく真の闇となっている。

その闇の中で飛び上がるような鹿の動きに必死に耐《た》えながら、音琴は雄冬王のことが思い出されてならなかった。

たまに笑いかけてくれた時、少し胸《むね》の奥《おく》がくすぐったくなったこと。求婚《きゅうこん》されて、相手が嫌《いや》だったのではなく、自分のみじめさが嫌だったのだ、と思った。

いつもそっけない言葉ではあったが、自分の身を案じてくれた。わたしの言ったことを信じてくれた。父上の無実を明かしてくれた。それがあの方のやさしさだった。

――もしも、雄冬王さまが亡《な》くなっていたら、わたしも死のう。どうして別れの時、あんな冷たいことしか言えなかったのか。どうしてあの方のやさしさに気づけなかったのか。そして、自分の心にも……。

雨が、とめどなく流れる涙《なみだ》とともに音琴の頬《ほお》をぬらした。

——お師匠《ししょう》！　お姉さん！　難波津ではだめだ！

羽鳥《はどり》の心語《しんご》が聞こえた。空を見上げると、強風に逆らいながら、大鷲《おおわし》が舞《ま》っている。

——船が沈《しず》んだのは、飽等の灯明台の篝火《かがりび》が消えたからだ。台守《だいもり》が逃《に》げた。灯明台が倒《とう》木《ぼく》で壊《こわ》れたせいかもしれない。船はその鼻先で沈んでいる。木っ端《こっぱ》だ。生きているやつがいるとは思えない。

心語の終わりの方は、かすかに湿《しめ》っていた。

——神さま！

「音琴さん、とにかく飽等まで行きましょう！」

ふたりを乗せた大鹿は大嵐《おおあらし》の中につっこんでいった。

15 灯台

和泉国《いずみのくに》飽等崎《あくらざき》には、難波津《なにわづ》への入り口を守る灯明台が置かれている。淡路島《あわじしま》と向かい合う狭《せま》い海峡《かいきょう》にあって、海上交通に重要な灯台である。

ふたりが飽等の岬《みさき》に着いたのは、日もかなり高くなったころであった。風雨はじょじょに収まっていったが、海はまだ大きくうねり、白波が立っている。

灯明台を見ると、確かにその場所には大きな木が雷《かみなり》に打たれたのか、倒《たお》れている。倒木《とうぼく》は篝火《かがりび》の櫓《やぐら》も石を組んだ台座《だいざ》ごと破壊《はかい》して、まだぶすぶすと煙《けむり》をあげている。篝火の薪《たきぎ》も四散して、台守《だいもり》の姿《すがた》もなかった。

ヴァジュラは鹿を放した。ヴァジュラが鹿に手を合わせ、礼をすると、鹿もわずかに頭を下げた。そうしてひょいとひと飛びすると、駆《か》け去《さ》っていった。

音琴《おとこと》は全身びしょぬれで、髪《かみ》はほどけ、もつれて顔に張りついていた。しかし、そんなことにかまう余裕《よゆう》などなかった。

音琴は、走り寄って崖下《がけした》の海をのぞいた。切り立った断崖《だんがい》の下には、大小の岩に波が白く泡立《あわだ》ち、砕《くだ》けている。その波間に、おびただしい木片《もくへん》、難破《なんぱ》した船の残骸《ざんがい》が漂《ただよ》い、うちよせられている。少し先に大きな船体が沈《しず》んでいるのが見えた。

大きな三本の帆柱《ほばしら》が無惨《むざん》に折れ、横腹《よこばら》が大破しているが、白と赤に塗《ぬ》られているのははっきりと分かった。まさしく遣唐使船《けんとうしせん》だった。どこかへ流されてしまったのか、人の姿《すがた》は見あたらなかった。

……問に合わなかった！


——本当だったのだ。雄冬王《おふゆおう》さまの船は沈んだ、そして、雄冬王さまも、もう……！

わたしはもう二度とあの方に会えない……それなら……。

がっくりと膝《ひざ》をついた音琴は、そのまま崖から身を乗り出した。自分が生きていることなど、意味がないと思った。

ヴァジュラが飛んできて音琴をつかんで引きもどした。

——止めないでください！　何もかももう終わっているんです。わたしも死んであの方のおそばに行きます！

ヴァジュラは音琴をしっかりと抱《だ》きしめた。

「……いいえ、まだ終わってはいませんよ。音琴さん、わたしたちにはまだできることがあります。『ルタ』の力を使いましょう」

――『ルタ』の力？　あの幻恍《げんこう》を消し去った、「滅《ほろ》びの剣《つるぎ》」を？　そんな恐《おそ》ろしいことを？

音琴はヴァジュラを見上げた。相手は微笑《ほほえ》んでうなずいた。その青い目は海のように輝《かがや》いていた。

「大丈夫《だいじょうぶ》です。わたしは『ルタ』の正当な持ち主です。信じてください。宝剣《ほうけん》『ルタ』の力で、貴女《あなた》の大切な人を取りもどすのです！」

ヴァジュラは、自分の衣《ころも》でつつんでいた『ルタ』を取り出し、音琴の目の前にかざしてみせた。

その剣は美しく、刀身はやはり妖《あや》しく、恐ろしく見えた。ヴァジュラは剣をささげ持ち、刀身を静かになでると、目を閉《と》じて小声で祈《いの》った。

「カドゥガ　ガドゥガ　アム　アチャラナータ　オム　マニ……」

何度も呪文《じゅもん》をくりかえす。剣《つるぎ》はじょじょに淡《あわ》い光を発し、その光は広がっていくようだった。

軽い揺《ゆ》らぎ以外、何も感じなかった。

ただ世界が急に真っ暗になったかと思うと、いきなり横なぐりの雨がたたきつけてきた。轟音《ごうおん》をあげて風が吹《ふ》え、海が猛《たけ》り、波が砕《くだ》ける音が耳をろうする。何が起きたのだろう、これは。……こわい！　音琴は悲鳴をあげそうになった。すぐ横に、ヴァジュラが剣を立て、祈《いの》りの姿勢《しせい》で立っているのが分かり、ほっとした。

——ヴァジュラさま、これは……？

「数時間、時をさかのぼったのです。昨日の夜の嵐《あらし》の中にわたしたちはいるのです。さっきまでの時間でいえば、ちょうどわたしたちが暗福寺《あんぷくじ》で、幻恍《げんこう》の迷宮《めいきゅう》にはまっていた時刻《じこく》です。そう、これが『ルタ』の真の力なのです」

——時をさかのぼった？　では、わたしたちは、過去の世界にいると……？

はっと見ると、もう残骸《ざんがい》と化していたはずの灯明台はまだ壊《こわ》れていない。雷《かみなり》に打たれて焼けたはずの大木は、まだ立って風に激《はげ》しく枝を揺《ゆ》らしている。篝《かがり》火《び》も雨に打たれて弱々しいが燃えている。確かに過去にもどったのだった。

台守《だいもり》の姿《すがた》はない。

――嵐《あらし》を恐《おそ》れて逃《に》げたのでしょうか？　船の安全を守る台守なのに。

「これをご覧《らん》なさい！」

ヴァジュラが台座《だいざ》の上の方を指さした。台石に血がついている。

「篝火の櫓《やぐら》に上るはしごも倒《たお》れている。多分風にあおられたかして、台守は怪《け》我《が》をしたのでしょう。仲間が怪我人を連れていったのかもしれません」

海の轟音《ごうおん》に消されまいとヴァジュラは大声で叫《さけ》んでいる。風も、うっかりすると体を持っていかれるほど強い。海は真っ暗な中に白い波濤《はとう》が沖にまで立っている。岬《みさき》に立つ音琴の頭上にまで波しぶきがかかる。

「グズグズしている暇《ひま》はありません。篝火を燃やさないと！」

篝火は燃《も》え尽《つ》きる寸前《すんぜん》である。音琴もヴァジュラも雨としぶきでびしょぬれになりながら、筵《むしろ》がかけられた薪《たきぎ》の山からなるべく乾《かわ》いた薪を集めて火にくべる。

――あっ、あれは……！

海の方を見ると、沖に白いものが見えた。明かりを灯《とも》しているのも見てとれる。船？もしや、あれは……？

一隻《せき》の大型船が、大しけの海で木の葉のようにもまれている。そして、潮《しお》の流れなのか、船が急速にこちらに近づいてくるのが分かった。

「おーい！　もどれ！　こちらは崖《がけ》だ！　衝突《しょうとつ》するぞ。もどれーっ！」

ヴァジュラが手を大きくふって声を張りあげたが、嵐《あらし》にかき消されて、むこうへは届《とど》かないようだ。音琴も、袖《そで》をふり、船に合図を送った。

――近寄ってはいけません！　離《はな》れて！

灯明台の火がまだ小さく目につかないのか、船はますます近づいてくる。

――ああ、もうだめ！　衝突する！

脳裏《のうり》に昼の世界で見た崖下の船の残骸《ざんがい》。波間に沈《しず》んだ船体がよみがえってくる。音琴は我《われ》知らず、声をかぎりに祈《いの》り、歌っていた。皆《みな》が言うように、わたしの歌に言霊《ことだま》が乗るならば、どうぞ、吾《あ》が言の葉に言霊が宿りますように！

「わだつみの　神に申《もう》さん
　　吾《あ》が恋《こ》ふる
　　　吾が背《せ》　真幸《まさき》く　風和《な》ぐ浦《うら》に」
（海神さまに、かしこまってお願いします。わたしの愛する夫をどうぞ幸運に、波のおだやかな港へお導きください）

歌い終わると、音琴は領巾《ひれ》を外して海の神にささげた。住吉《すみよし》の方向をうやまって拝《はい》し、崖《がけ》に寄って領巾を空中に投げあげた。白い領巾は一瞬《いっしゅん》、風に巻《ま》き上《あ》げられ、それからひらひらと落ちていった。

ヴァジュラは篝火《かがりび》にごま油をさっと投げ入れた。篝火がごおっと音を立てて、大きく燃えあがった。

遣唐使船《けんとうしせん》の船上では、船人たちが水をかい出し、必死に船を立て直そうとしている。もはや舵《かじ》も櫂《かい》もきかず、波濤《はとう》の間で漂《ただよ》うばかりである。

雄冬王も船屋形を出た。このまま船が沈《しず》んだら、船屋形ごと海中に引きこまれるだけだ。

甲板《かんぱん》のようすを見て、雄冬王はぎゅっと胸《むね》のところをおさえた。ふところには、油紙でつつんだ玄宗皇帝《げんそうこうてい》よりいただいた皇太子冊立《こうたいしさくりつ》のための勅状《ちょくじょう》と、登州《とうしゅう》の湊《みなと》で買った白い花の簪《かんざし》が入っている。

――これだけは、絶対になくすわけにはいかない。

「荷を捨《す》てよ！」

雄冬王が命じると、次々と積み荷が海に捨てられた。

「船事、ここはどのあたりなのだ？」

「おそらくは難波津の入り口あたりではねえかと思います。しかし、もう見えるはずの飽等の灯明台の篝火《かがりび》が見えませぬ」

夜の海に目をこらしても、どこまでが海かさえ区別がつかない。船がまた、大きなうねりを受けて傾《かたむ》き、雄冬王は危《あや》うく海に投げ出されそうになった。

帆柱《ほばしら》を必死に抱《かか》え、傾きに耐《た》える。真下に黒緑色の深い海が口を開けている。このままでは……。雄冬王は死を覚悟《かくご》した。

――ああ、吾《あれ》は使命もはたさずに、このまま海の藻屑《もくず》となり果てるのか。無念だ。音琴よ、すまない。もう一度会って俺《おれ》の気持ちを伝えたかった。……そなたをだれよりも愛しているよ……!

雄冬王は最後にと、都の方角を見た。その時、暗闇《くらやみ》に何か白いものが、ひらひらと漂《ただよ》い落ちていくのが見えた。

――何だろう、あれは?

そして、パッと燃えあがる炎《ほのお》が見えた。船事が叫《さけ》ぶ。

「見えたぞ! 飽等の灯明じゃ! あそこが飽等崎の崖《がけ》じゃ! 浅瀬《あさせ》が近いぞ! 総員舵《かじ》に取りつけ! 舵取り! 気をつけて、ゆっくりと左に取れ!」

船人たちが総がかりで舵を力いっぱい回し、漕《こ》ぎ手《て》が船を引きもどす。船はようやく陸から遠ざかり舳先《へさき》を回した。

――ヴァジュラさま、船が離《はな》れていきます!

ふたりは大きく息をついた。

「良かった。篝火《かがりび》が見えたのですね」

――はい、きっと。これで、助かりました。船も、雄冬王さまも……!

音琴は涙《なみだ》が止まらなかった。ヴァジュラは静かにそれを見ていた。

その時、雨がいちだんと強まり、ものすごい風にあおられ体が浮《う》きそうになった音琴を、「危《あぶ》ない！」と、ヴァジュラが抱《だ》きよせた。そのとたん、轟音《ごうおん》とともにふたりを閃光《せんこう》がつつんだ。

目の前の大木に雷《かみなり》が落ちたのだ。木はまっぷたつに裂《さ》けて、燃えあがりながら灯明台に倒《たお》れかかり、櫓《やぐら》を破壊《はかい》し、石組みの台座《だいざ》までもがくずれ落ちた。

「危ないところでしたね。これが昼の世界でわたしたちが見たもののいきさつだったのですね。たぶん船の無事を除《のぞ》いては。……さあ、では、わたしたちは元の時にもどりましょう」

ヴァジュラは剣《つるぎ》を取り出し、静かに呪文《じゅもん》を唱えはじめた。

16 帰還《きかん》

遣唐使船《けんとうしせん》が難波津《なにわづ》の湊《みなと》に入ってきたのは、その日の午後もおそくなってからだった。ボロボロに裂《さ》けた帆《ほ》を上げて、自力で帰ってきたのである。

物見櫓《ものみやぐら》に大型船の入港を告げる白い旗が掲《かか》げられた。

「……なんと！　あれは遣唐使船ではないか？」

「まことじゃ！　昨夜の大嵐《おおあらし》で沈《しず》んだのではなかったのか!?」

「よくぞあの大しけの中を……これは奇跡《きせき》じゃ。いや、御仏《みほとけ》のお導きじゃ！」

「それな申さば、住吉《すみよし》の神であろう？」

「おーい！　遣唐使船じゃ！」

「遣唐使船が入ってきたぞーっ」

遣唐使船の生還に湊はわきかえった。出迎《でむか》えのはしけが続々と出され、船着き場には人々が詰めかけ、帰還を見守っている。その中に、音琴《おとこと》、ヴァジュラ、そして人の姿《すがた》にもどった羽鳥《はどり》の姿《すがた》もあった。

音琴とヴァジュラがこちらの時間にもどった時、羽鳥はもう元の少年の姿にもどってい
た。思わずまじまじと見つめてしまった音琴に、羽鳥は赤くなって、

「何だよー。見てんじゃねーよ！」

と、ふくれた。音琴はごめんなさい、と、手を合わせた。

――ごめんなさい。でも、本当に羽鳥さんのおかげで助かりました。おかげでわたしは
大切な人を助けることができました。羽鳥さん、ありがとう。

羽鳥の手を取ると、少年は照れて、ますます赤くなった。

「わたしたちが消えてから、現れるまでの時間は？」

と、ヴァジュラ。

「いや、消えたかと思ったら、またすぐに出てきたんだよ。あっという間にドロドロによ
ごれてさ。もっとも、俺《おれ》もこの姿にもどるのに四苦八苦してたから……」

「分かりました。自分が正しく『ルタ』を使えたかどうか、知りたかったのです」

ヴァジュラは宝剣《ほうけん》をふたたび衣《ころも》の布でていねいにつつみ、腰《こし》に下げた。

「さて、それではわたしたちも難波津へ向かいましょう。船と人の無事を確かめなくては」

遣唐使船《けんとうしせん》からは、使節団の一行や乗組員たちが、次々とはしけに乗りかえ船着き場にもどってきている。生還者《せいかんしゃ》には水や食べ物、暖《あたた》かい衣服がさし出された。病人、怪我人《けがにん》は医《い》療所《りょうじょ》に運ばれていく。

最後に船事と遣唐副使がはしけに移った。ひときわ大きく歓声《かんせい》があがった。

——雄冬王《おふゆおう》さま！　ご無事で！

音琴の目からまた涙《なみだ》があふれだした。

はしけが船着き場に着くより早く、雄冬王は渚《なぎさ》に降《お》り立《た》った。膝《ひざ》まで潮《しお》につかりながら砂《すな》を踏《ふ》んで歩いた。自分の足が陸を踏んでいるのが、まだ信じられなかった。

よくぞ生きのびたものだ、と思う。雄冬王はよろめく足を踏みしめて岸へと向かった。髪《かみ》はざんばら、頭巾《ときん》はとうになくし、衣服も破れてぬれねずみではあったが、嵐《あらし》を乗り切った安堵感《あんどかん》で雄冬王の瞳《ひとみ》は輝《かがや》き、口元には笑《え》みがあった。

それを見て、音琴の胸《むね》はいっぱいになった。

――ああ、このお人がいてくれたら、わたしはもう他には何にもいらない。いっしょにいられるなら、それだけで……！

それでも音琴の足は、前に出ようとはしなかった。夢中で来てしまったけれど、こんなに髪《かみ》も服もよごれていて、とても妻としてお会いできる姿《すがた》ではない……。ご無事を確かめられただけで良《い》い。

ヴァジュラがその背中《せなか》をそっと押《お》し、ささやいた。

「お行きなさい、音琴さん。ためらっていては、愛は逃《に》げていってしまいます」

音琴はヴァジュラをふり向き、その海のような瞳《ひとみ》の中に大きな愛を見たように思った。

音琴は微笑《ほほえ》みを返すと、雄冬王に向かって歩き出した。

雄冬王はくたびれきった体を引きずるように歩いていた。むこうからだれかが走ってくる。だれだろう。髪を解き流した庶民《しょみん》の少女のようである。薄《うす》よごれた衣服で、もつれるように駆《か》けてくる。それが、いきなりものも言わず抱《だ》きついてきた。

「……もしや、音琴か？」

少女はうなずいた。強く、何度も。雄冬王は少女の顔を見た。

「音琴だ。ああ、これは本当に。信じられないが、音琴、吾《あれ》の妻だ！」

雄冬王も力をこめて、しっかりと音琴を抱《だ》いた。ふたりともそれ以上何も言えず、ただ涙《なみだ》を流し、抱き合っていた。ふたりの足元を波が幾度《いくど》も洗《あら》っていった。音琴は心の中で、強く心語《しんご》を発した。

「……やっと会えた……お会い……したかった。……雄冬王さま！」

雄冬王は、おや？　と思った。

「……音琴よ、そなたは今、……何か言ったのか？」

音琴も、えっ？　と思った。

「……わたしは……ただ……思ったのです……」

そう言う自分の声を音琴も、聞いた。……。話している！　わたしの、自分の口から言葉が？

「……本当に？」

雄冬王は大きくうなずいた。

「いや、まことにそなたの言葉だ！」

音琴の唇《くちびる》が震《ふる》え、泣き声が漏《も》れた。涙が止まらなかった。どんなにか長いこと、これを夢見てきただろう。どんなに話したいと神仏に祈《いの》り、願ったことだろう。それが、こんな時にかなうなんて！

「音琴！　そなたは話している！　吾《あれ》の音琴が言葉を話したぞ！　なんとうれしいことだ。こうして生きてそなたの言葉が聞けた！」

「……雄冬王さま……、吾《わ》が……背《せ》の君《きみ》さま」

音琴は、ひと言、ひと言押《お》し出《だ》すように口にした。音琴の頬《ほお》を涙《なみだ》が伝った。そして、にっこりと微笑《ほほえ》み、

「……ずっと、言いたかったのです。この言の葉を！」

雄冬王は、うれしさに音琴を抱《だ》きあげると、そのままぐるぐると回った。その目にも涙が光っていた。波打《なみう》ち際《ぎわ》のしぶきが陽《ひ》に輝《かがや》いて、はじけた。

そのふたりをヴァジュラと羽鳥が遠くから微笑みながら見ていた。


「もう一度顔を見せてくれ」

雄冬王は抱きあげたまま、音琴の顔をじっと見た。

「……うん、確かにそなたは変わった。そなたは強くなった。もう、あのころの子どもで

はない」

「はい、そうです。わたしは強くなりました。あの方々のおかげです。おふたりが、わたしを助けてくださったのです」

雄冬王はこちらを見ているふたりの異国《いこく》の僧《そう》に気づいた。

「わたし、幻恍上人《げんこうしょうにん》をあのおふたりといっしょに倒《たお》したのです」

「何だと⁉」

音琴はビクッとした。雄冬王の顔が一瞬《いっしゅん》にしてこわくなったからだ。

「そなたという女子《おなご》は！　幻恍を倒しただと？　何をしていたのだ？　あれほど何もするなと、吾《あれ》のいない間、危《あぶ》ない真似《まね》をするなと……！　手紙にも、ちゃんと書きそえてあったものを！」

大きな声で叱《しか》られて、音琴は縮《ちぢ》こまってしまった。雄冬王はそれに気づき、あわてて言った。

「すまん。そなたのことが案じられて、つい。その……つまり、じつのところ、吾《あれ》は心配《しんぱい》性《しょう》というやつなのだ、よく人からもそう言われている」

音琴はクスッと笑って雄冬王の手から降《お》りると、手を引いてヴァジュラと羽鳥の所へいざなった。

雄冬王をふたりに紹介《しょうかい》すると、羽鳥が目をまん丸にしておどろいた。

「お姉さん！　しゃべってるよ！　話せるようになったんだね！　すっげー!!」

ヴァジュラもうれしそうに、

「遠くからでしたが、そうかと思いました。すばらしいことです」

「ヴァジュラ殿《どの》、羽鳥殿。音琴を助けてくださってありがとうございました」

雄冬王がふたりに礼の姿勢《しせい》をとった。

「助けたなんてもんじゃないんだよね。俺《おれ》たち、ゆうべあんたの船を……」

ヴァジュラが後ろから羽鳥の口をおさえた。

「羽鳥、今はその話は止《や》めなさい。雄冬王さま、わたしこそ貴方《あなた》の手紙のおかげで幻恍の正体と宝剣《ほうけん》のありかを突《つ》きとめ、取りもどすことができました」

「宝剣、というと、あの『滅《ほろ》びの剣《つるぎ》』を？」

「はい、崑崙山《こんろんさん》の香南寺《こうなんじ》に宝剣を預《あず》けた、というよりかくしたのはわたくし自身《じしん》でした。そのために……香南寺の悲劇《ひげき》は本当に不幸なことでした。だから僧《そう》たちのためにも、わたしはどうしても宝剣《ほうけん》を取りもどさねばなりませんでした。宝剣を悪用しようとした幻恍は、自滅《じめつ》して、……もうどこにもいません」

「……なんと！」

雄冬王はほうっと息を吐《は》いた。羽鳥が待ってくれ、と口をはさんだ。

「でも、それだけじゃない。幻恍とかたらってる親父《おやじ》がいるんだよ。そいつは今の天皇《すめらみこと》を代替《だいが》わりさせて権力《けんりょく》をにぎろうとしてるんだ。臣《おみ》たちに根回しして、朝礼で退位《たいい》を迫《せま》るとか言ってたぜ」

「かたらっている……？　朝礼で退位を迫る？　いったい何者が？」

「分かりません。羽鳥が見たところ、政府の高官らしかった、と。わたしも幻恍のような怪《あや》しい人物が、なぜ易々《やすやす》とお后《きさき》に近づき、皇位継承《こういけいしょう》にまで絡《から》めるのかが不思議でした。幻恍を天皇さまに推薦《すいせん》したのはだれでしょうか？」

雄冬王の顔色が変わった。急いで部下を呼《よ》び集《あつ》めた。

「今すぐ都へ向かう！　駒《こま》を用意せよ！」

大きな唐駒《からこま》が連れてこられた。雄冬王は、まず音琴を横座《よこずわ》りに乗せると、自分もその後ろにまたがった。

「ヴァジュラ殿《どの》、羽鳥殿、貴方方《あなたがた》にも証言のために来ていただきたいのだが」

「分かりました。参りましょう」

「しかし、御坊《ごぼう》は駒《こま》にはお乗りか？」

「駒どころか、鹿にも乗れるんだぜ。お師匠《ししょう》さんは」

「羽鳥、お前は黙《だま》っていなさい。ご心配なく。ここまで色んなことをしてきましたからね」

「俺《おれ》は駒になんぞ乗ったことはねえよ。こえーよ、それ」

怖気《おじけ》づく羽鳥をヴァジュラは自分の後ろに乗せ、四人は少数の部下を連れて、都へと急いだ。乾《かわ》くにつれて塩を吹《ふ》いて白くなった袍《ほう》に、髪《かみ》は乱《みだ》れたままの無帽《むぼう》。抱《かか》えられた女官も薄《うす》よごれて、これが大宮人《おおみやびと》とはだれも思うまい。

生駒山《いこまやま》が、眼前に大きく迫《せま》ってきた。ふたたび闇坂峠《やみさかとうげ》の曲がりくねった急勾配《きゅうこうばい》を、人も馬もあえぎながら登る。

雄冬王は例によって眉間《みけん》に深い縦《たて》じわをよせて、何か思いつめた表情で、口をきこうともしない。あまりに黙っているので、音琴はおずおずと聞いた。

「……あの、いったいだれだったのですか？　その、幻恍上人《しょうにん》を天皇《すめらみこと》さまに紹介《しょうかい》したという人は？」

雄冬王は目を閉《と》じて、答えない。音琴はさらに、

「わたし……思い出したのです。父が亡《な》くなった時のことを。わたしはずっとそれを忘《わす》れていました。しかし、父は殺されたのです。それをわたしは見ていました。わたし、犯人は幻恍だとばかり思って……」

雄冬王ははっと目を見開いた。手綱《たづな》をにぎり、音琴を支えている手に力がこもった。

「……そうか、とうとう思い出してしまったのか。……それは辛《つら》かったであろうな」

「雄冬王さま？」

音琴は雄冬王をふり仰《あお》いだ。雄冬王はやさしく、慈《いつく》しむように彼女《かのじょ》を見ていた。

「そなたが生涯《しょうがい》、あのことを忘れて静かに暮《く》らしていってほしいと、思わぬでもなかったのだが……。残念ながらそなたの父上を殺《あや》めたのは幻恍ではない。なぜなら、あのころ幻恍はまだ唐《とう》にいたからだ」

「……では、いったいだれが？」

「幻恍を陛下《へいか》に推薦《すいせん》したのは、大臣大麻呂《おおおみやたべのおおまろ》だ」

「大臣さまが、さっき聞いた謀反人《むほんにん》？　そんな、信じられない。あんなおやさしい、親切なお方が……」

雄冬王は苦笑いをすると、

「そうさな、あの人の良《い》い老人が、とだれもが思うだろう。吾自身《あれじしん》、少し妙《みょう》だと思うこともあったが、あれはとんだ食わせ者だ。まちがいはない。……音琴、十年前にそなたの父上を殺《あや》めたのも、きっと大麻呂だったのだ」

「まさか！　大臣さまは父の親しい友であったと……。身寄りをなくしたわたしを、お后《きさき》さまのお館に入れてくださったのも、大臣さまだったのです」

「それはおそらく、そなたを自分の監視下《かんしか》に置きたかったのだ。そなたがいつ、あの事件を思い出さないともかぎらぬからな。幼児《ようじ》だったとはいえ、そなたはあの事件の生き証人、目撃者《もくげきしゃ》なのだから」

いきなり目の奥《おく》に閃光《せんこう》が走った。脳裏《のうり》にまた、あの光景がよみがえる。……死んだ父が倒《たお》れている。垂《た》れ幕《まく》の陰《かげ》からちらりと見えた、血にぬれた刀を手にした殺人者の顔……。

「大麻呂と幻恍は、その前から知り合っていたのだろう。大麻呂は幻恍の妖術《ようじゅつ》を使って権《けん》力《りょく》をにぎろうと考えていたのだ。それで、なんとしても宝剣《ほうけん》を手に入れるため、持ち帰った灘王《なだのおう》さまから奪《うば》おうとして、……殺《あや》めたのだ」

なんということだろう。音琴は目を閉《と》じた。あの日のことがまざまざと思い出された。晴れがましい新嘗祭《にいなめさい》の式典。初めて見た平城宮《へいじょうきゅう》の美しさ。晴れ着を着て、幼《おさな》なじみたちとはしゃいでいた、幼児《ようじ》の自分。

父に晴れ着をほめてもらいたくて、忍《しの》びこんだ宮殿《きゅうでん》の薄暗《うすぐら》さ……。そして……。

音琴はめまいがして、駒《こま》の上にうつぶせた。

「危《あぶ》ない！」

雄冬王の手が、音琴をしっかりとつかんだ。……その手。大きな骨《ほね》ばった手。不意に音琴は、この手を知っている、と思った。

あの惨劇《さんげき》の日、だれか年若《としわか》い男の人が、抱《かか》えてわたしを外に連れ出してくれた。その時の手、顔も分からなかった命の恩人《おんじん》……その人の手だわ！

「雄冬王さま。……もしや、父が死んだ日、わたしを助けてくれたのは……貴方《あなた》だったのではありませんか？」

音琴は、雄冬王を見上げた。雄冬王はかすかにうなずいた。声は少しかすれていた。

「あの時は、吾《あれ》も偶然《ぐうぜん》いあわせたのだ。灘王さまを殺した者が、幼女《ようじょ》のそなたまでをも殺そうとしているのを見て、抱《かか》えて逃《に》げたのだ。吾もそのころは十四、五の、まだ大人といえぬ年だったから、どうすれば良いのか分からなかった。ただ、こんな幼《おさな》い子が何かの陰《いん》謀《ぼう》に巻《ま》きこまれたらたいへんだ、と思った。それで吾はあの時『今見たことはだれにも言ってはならぬ』と、そなたに言ったのだった……」

雄冬王は、ためらいながら続けた。

「そして、それ以来そなたは口をきかぬようになった。……それは吾が言った、話すな、というひと言ゆえではなかったか、そう思うと吾はずっと苦しかった。……だから、陰《かげ》ながらでも、そなたのことは守ろう、と思ったのだ」

そうだったのか、ああ、なんという人なの……！　雄冬王さまというお方は！

音琴は無言で雄冬王の背《せ》に腕《うで》を回し、胸《むね》に頬《ほお》を埋《うず》めた。強い潮《しお》の匂《にお》いがした。うれしかった。この人はこんな風にわたしを見守ってきてくれたのだ。この方のやさしさの形をわたしは知らなかった。いつでも嫌《きら》われていると思っていた。バカにされて、からかわれていると。

――でも……。どうしたわけか、音琴は急にさびしくなった。

「あの……雄冬王さま。……それでは、わたしを妻にしたのも、ただ守ろうという、お心だけだったのでしょうか？」

この問いに、雄冬王はふっと笑い、照れくさそうに、音琴に前を向くように言った。音琴がそうすると、雄冬王は塩を吹《ふ》いてゴワゴワになった袍《ほう》のふところから、簪《かんざし》を取り出した。

「白き花の吾妹子《わぎもこ》に……」

音琴の髪《かみ》にそっとさした。音琴の目から、また涙《なみだ》があふれてきた。

後ろを行く駒《こま》の上から、ヴァジュラと羽鳥が目を見合わせた。

17 反撃《はんげき》

大極殿《だいごくでん》に集まった王族、朝臣《あそん》たちの前で、緋皇女《あけのひめみこ》は背《せ》を伸《の》ばし、毅然《きぜん》として立ってい
た。

父天皇《すめらみこと》は、玉座《ぎょくざ》にぐったりとくずおれている。吐《は》く息も荒《あら》く顔色は真っ白で、この場に来るのさえ、何人もの舎人《とねり》に支えさせねばならなかったのだ。

皇女は唇《くちびる》を固く引き結んで正面を見ていた。その視線《しせん》の先には、母后《きさき》が朝臣たちに囲まれて立っている。皆《みな》、皇女の立太子に反対する者たちである。その中心に母がいる。

「后よ……そなたまでもが！」

それきり、天皇は絶句した。昨夜、急使が難波津《なにわづ》から飛んできて、遣唐使船《けんとうしせん》の沈没《ちんぼつ》と頼《たの》みの綱《つな》である雄冬王《おふゆおう》の訃報《ふほう》を告げた。唐《とう》の玄宗皇帝《げんそうこうてい》よりたまわった、皇女の皇太子冊立《こうたいしさくりつ》を認《みと》める旨《むね》の勅状《ちょくじょう》を持って駆《か》けつけるはずだった雄冬王が、勅状もろとも海に沈《しず》んだ……。

天皇と皇女のショックはいかばかりであったか。

そして、通常の会議であったはずの今日、いきなり朝臣《あそん》たちから、天皇譲位《すめらみことじょうい》の動議が出されたのである。

天皇と皇女《ひめみこ》は、いよいよ追いつめられてしまった。后《きさき》が口を開いた。

「陛下《へいか》、どうかご譲位くださりませ。わたしはもう黙《だま》って見てはおられませぬ。どうか御《み》位《くらい》をお降《お》りになってご出家なされてくださりませ。勤行一途《ごんぎょういっと》にお励《はげ》みになれば、たちどころに病は去りましょう。後はどうぞ御弟《おんおとうと》、安羅皇子《やすらのみこ》に……」

そう言って后は、かたわらの凡庸《ぼんよう》な容貌《ようぼう》の中年男を見やった。まだ、幻恍《げんこう》の惑《まど》わしの中にいるのだった。

「お后さままでもが、そう仰《おお》せなのですから、吾《あれ》らも安羅皇子にご譲位をとお願い申しあげます」

「陛下、どうかご譲位を！」

「ご退位《たいい》を、天皇さま！」

反対派《はんたいは》が口々に叫《さけ》ぶ。

「なんということを申すか！　譲位ならば朕《ちん》は皇女に、としか考えておらぬ。そこにいる弟には帝位《ていい》を継ぐ資質はない！」

天皇《すめらみこと》は荒《あら》い息の下から、ようやくそこまで言うと、傍《かたわ》らの大臣矢田部大麻呂《おおおみやたべのおおまろ》をかえりみた。

「大臣よ、そなたの意見はどうか。そなたはこれまで朕《ちん》の政《まつりごと》を支え、朕の意向を重んじ賛同してくれた。そなたの意見を朕も重んじよう。大麻呂よ、朕に忠実《ちゅうじつ》であるか」

大麻呂老人は、天皇に向かい、慇懃《いんぎん》に拝礼《はいれい》をした。そしていつものようにおだやかな笑《え》みを浮《う》かべてこう言った。

「恐《おそ》れながら、陛下《へいか》。あいにくとこの年寄りめは、お后《きさき》さまと心を同じくいたす者でございます。現に陛下のそのごようすでは、これ以上のご政務はご無理というもの。しかも長年に亘《わた》り、仏教に入れあげ寺の普請《ふしん》に税を使いはたし、民《たみ》の苦しみなどおかまいなし。あげく、人心はとうに陛下から離《はな》れております。陛下、どうぞご退位《たいい》くださりませ」

「大麻呂！　その方は……！」

おどろきのあまり、言葉を失った天皇を尻目《しりめ》に、大麻呂は皇女《ひめみこ》を見やると、

「そしてまた、吾《あれ》ら朝臣《あそん》一同は、そこの小生意気な小娘《こむすめ》を天皇と仰《あお》ぐ気など、さらさらご

ざりませぬ！」

　せせら笑いながら、ふたりをやんわりと見すえた。


「大麻呂！　そなたは忠臣《ちゅうしん》をよそおいながら、よくも……！　そなたが謀反人《むほんにん》とは！」

　皇女《ひめみこ》は怒《いか》りに震《ふる》える声で叫《さけ》んだが、

「天皇《すめらみこと》さま、ご退位《たいい》を！」

「安羅皇子さまにご譲位《じょうい》を！」

　口々にわめく朝臣《あそん》たちの声にかき消されてしまった。

「皆《みな》……！　黙《だま》らぬか！」

　天皇は力をふりしぼり、玉座《ぎょくざ》から立ち上がろうとしたが、うっ、とうめくとそのままくずおれ、昏倒《こんとう》してしまった。

「お父さま！」

　皇女は駆《か》けよって父を抱《だ》きおこそうとしたが、天皇はぐったりと、気を失ったままである。

「だれか！　薬師《くすし》を……！　天皇をお助けせよ！」

皇女《ひめみこ》は必死で呼《よ》びかけるが、朝臣《あそん》たちはだれひとり動こうとしない。皆互《ひなたが》いに目を見合わせ、あるいは父娘《おやこ》から目をそむける者たちばかりである。

その時、大極殿の扉《とびら》が音を立てて、大きく開かれた。

「お待ちください！」

「……雄冬王！」

皇女が叫《さけ》ぶ。皆がいっせいに後ろをふり向いた。雄冬王が立っていた。その後ろには音琴姫王《ことのおおきみ》と、見たこともないような黄衣《こうい》を着た、異国《いこく》の僧《そう》ふたりが従《したが》っている。

「あれは……雄冬王殿《どの》と音琴姫王ではないか。どうしてここに？」

「雄冬王さまは船が沈《しず》んで亡《な》くなったのではなかったのか？」

おどろき、ざわめく朝臣たちを分けて、雄冬王は大股《おおまた》でゆうゆうと歩を進め、皇女の前に立った。

夜半過ぎに都の門をくぐり雄冬王の館に入った一行は、よごれを落とし、身を清め、衣服をあらためた。潮《しお》びたしの袍《ほう》と蓬髪《ほうはつ》の姿《すがた》では、天皇《すめらみこと》の御前《おんまえ》に参上することが許されないからである。

少し休んだ後、音琴《おとこと》もかんたんに髪《かみ》を結《ゆ》い上《あ》げてもらい、久しぶりに女官の正装《せいそう》に身をつつんだ。白の袖長《そでなが》の上衣《うわぎ》、撫子色《なでしこいろ》の背子《はいし》、朽《く》ち葉色《ばいろ》の裳《も》。薄紫《うすむらさき》の領巾《ひれ》をまとい、髪にはひとつだけ、雄冬王にもらった花簪《はなかんざし》をさした。

雄冬王も頭巾《ときん》をいただき、中納言《ちゅうなごん》の紫の袍《ほう》に白の袴《はかま》。剣《けん》を帯び、手には象牙《ぞうげ》に彩色《さいしき》した笏《しゃく》を持って威儀《いぎ》をただした。

ふたりがしたくをしている間、ヴァジュラと羽鳥《はどり》も新しい黄衣《こうい》をもらい、軽い食事と休憩時間《きゅうけいじかん》をもらった。

朝、いよいよ宮殿《きゅうでん》に出発するため皆《みな》が集まった。正装《せいそう》し、化粧《けしょう》もした音琴を見て、羽鳥が目をくるくるさせて、ヒュウ、と口笛を吹《ふ》いた。

「さあ、出かけましょう。正義を取りもどすのです」

ヴァジュラが言った。

「雄冬王！　そなたは生きていてくれたのですね。ああ、なんと喜ばしいことか！　そして、音琴もいっしょに……！」

皇女《ひめみこ》は目をうるませてふたりを見た。

雄冬王は皇女《ひめみこ》に向かい、袖《そで》を重ねて拝礼《はいれい》すると、手の内から一巻《かん》の書状を取り出した。

そして、朝臣《あそん》たちをふり向くと、巻物《まきもの》を広げ、皆《みな》の目前に高くかかげた。

「皆、静まれ！　これこそは唐の玄宗皇帝よりたまわった。緋皇女を大和《やまと》の正統な皇太子《こうたいし》として冊立《さくりつ》を認《みと》める、という勅状《ちょくじょう》である。これにより緋皇女は、正式に天皇《すめらみこと》の世継《よつ》ぎとして立太子をされる！」

朝臣たちに動揺《どうよう》が走った。玄宗皇帝の命となれば、もはやだれが何を言い立てようと、むだだからである。

「ははーっ」

臣《おみ》たちはひとり、またひとりと、次々に皇女の足元にひざまずいた。ついには大麻呂をのぞく全員がひれふした。

「……雄冬王……！　おのれ、唐に向かったのはそのためであったか！　貴様《きさま》など海の藻《も》屑《くず》となってしまえば良かったものを！」

お人好《ひとよ》しの仮面をかなぐり捨《す》てた老大臣は、今や悪鬼《あっき》のような形相で歯がみをしつつ、雄冬王を睨《にら》みつけている。その恐《おそ》ろしい顔に、后《きさき》も目をそむけた。

音琴とヴァジュラが、走り出て玉座《ぎょくざ》の前に進み、ヴァジュラが皇女《ひめみこ》から天皇《すめらみこと》を抱《かか》えとった。音琴は皇女に寄りそい、皇女も音琴をひしと抱《だ》きしめた。

「……良かった、音琴。そなたがここに来てくれて。しばらく会わなかったのでずいぶんとさびしかった！」

――皇女さまもお辛《つら》かったでしょう。

音琴も涙《なみだ》ぐんで、皇女の背中《せなか》をそっとなでた。

一方ヴァジュラは、天皇を抱え、素早《すばや》く診察《しんさつ》した。口の匂《にお》いをかぎ、脈を取り、少しの後皇女に告げた。

「……これは何かの薬物中毒です」

「毒、ですって？　なんということ。それでは、何者かが天皇に毒を盛《も》ったということになる。いったいだれがそんな……？」

「恐《おそ》れながら、天皇さまには、何か常習的にお口にされるものはございませんでしたか？」

「そういえば、『辰砂《しんしゃ》』とかいう唐渡《からわた》りの薬を……不老不死の妙薬《みょうやく》と言って……。それは……」

皇女《ひめみこ》はそこで、あっ、と息をのんだ。その時、

「天皇《すめらみこと》さまのお命をお縮《ちぢ》めしようとしたのは、そこの大臣《おおおみ》、矢田部大麻呂さまです！」

だれも聞いたことのない声が、はっきりと告げた。

皆《みな》おどろいて声の主を見た。音琴だった。

あの物言わずの音琴姫王が、口を開いた！　全員が信じられぬものを見るように音琴を見つめた。

その音琴の指は、まっすぐに大麻呂を指していた。大麻呂の顔が憎々《にくにく》しげにゆがんだ。

「音琴……？　そなた話せるのか……！」

音琴は皇女に向かってうなずいた。

「なんと、これはおどろいた。あの音琴姫王が口をきくとは！」

「これは何かの奇跡《きせき》か？　この十年来、物言わずの娘《むすめ》がしゃべるとは！」

「いや、しかし、話は聞《き》き捨《ず》てならぬものでしたぞ。大臣さまが天皇さまに毒を……？」

「そんな……まさか本当ではありますまいな。大臣さま」

恐《おそ》ろしい顔で音琴を睨《にら》んでいた大麻呂だったが、臣《おみ》たちの疑《うたが》いの目が自分に向けられたと知るや、青ざめた顔ながらも、いやはや、という態《てい》で首をふった。

「物言わずの娘《むすめ》が、いきなりとんでもない言いがかりを。確かに皇女《ひめみこ》さまの立太子には反対いたしましたが、いくら何でも天皇《すめらみこと》さまのお命をお縮《ちぢ》めしようなどと……。やれやれ、哀《あわ》れな。十年も口を閉《と》ざしていた娘のこととて、自分でも何を言っているのか分からぬのでしょうな。そんな小娘の申すでたらめに耳を貸すなど、どうかしておりますぞ、皆《みな》さま。大体、どうやって吾《あれ》がそのような毒薬を手に入れられようか？」

これにはヴァジュラが応じた。

「それは、唐帰りの幻恍上人《げんこうしょうにん》と手を組んでいれば、かんたんなことでしょう。ところで皇女さま、この症状《しょうじょう》がまこと『辰砂』によるものであれば、適切な解毒剤《げどくざい》で治すことができます。後ほどわたしが処方《しょほう》いたしましょう」

皇女はほっと胸《むね》をなでおろした。しかし、他の人々はことの意外ななりゆきにとまどい、

「どういうことじゃ、大臣さまが陛下《へいか》に毒を？」

「まことか？　幻恍上人と大臣さまがそんな恐ろしいことを？」

互《たが》いに目引き袖引《そでび》きしつつ、ざわめいている。

「音琴が申します。お聞きくださりませ。皆《みな》さま」

ふたたび、あの澄《す》んだ声が響《ひび》き、一同は静まった。

「大臣《おおおみ》さまは、政《まつりごと》を私《わたくし》するために僧《そう》幻恍とかたらい、天皇《すめらみこと》さまをお降《お》ろしし、安羅皇子さまにご譲位《じょうい》させるおつもりでした。幻恍がお后《きさき》さまにそう吹《ふ》きこみ、だましているのを、わたしは見ました！」

一同が、今度は后を見つめた。幻恍と后の仲がただならぬことは、皆がうわさで聞き知っていたからである。その視線《しせん》に后はいたたまれず、裳《も》すそをひるがえして大極殿《だいごくでん》を出ていった。

音琴は続けた。

「そして、幻恍が唐より持ち帰った『辰砂』を、良薬といつわって天皇さまにおすすめしたのは大臣さまでした」

「そいつは俺《おれ》が、幻恍の寺の縁《えん》の下《した》で聞いた」

人々はまたも首を回して新しい声の主を探《さが》した。それは入り口近くにたたずんでいた、もうひとりの、まだ少年のような僧《そう》だった。

「そこの爺《じい》さんとクソ魔導士《まどうし》の悪だくみは、全部聞いた！　証言するぜ！」

音琴は羽鳥に会釈《えしゃく》をすると、大麻呂をしっかりと見すえた。

「そうして十年前、わたしの父、灘王《なだのおう》を殺《あや》めたのも、そのお方です！　真の悪人は貴方《あなた》です、大臣《おおおみ》。わたしはあの日のすべてを、刀を手にわたしをも殺そうとした犯人の顔を、思い出しました。矢田部大麻呂さま。わたしは貴方を許しません！」

大極殿は水を打ったように静まり返った。長らく口を閉《と》ざしていた少女の口から、恐《おそ》ろしい事実が告発されたのである。その静寂《せいじゃく》を破って、凛《りん》とした皇女《ひめみこ》の声が響《ひび》きわたった。

「謀反人《むほんにん》、矢田部大麻呂を捕《と》らえよ！」

18 時の旅人

秋天高く、澄《す》みわたった空の下。

音琴《おとこと》はヴァジュラと羽鳥《はどり》とともに、難波津《なにわづ》の湊《みなと》を見下ろす丘《おか》に立っていた。唐《とう》に向かう船に乗るという、ふたりを見送りに来たのである。

晩秋《ばんしゅう》の野は見るものとてなく、ただ一面のすすきが風に吹《ふ》かれているばかりだ。いつの間にか、冬が近く、吹く風も冷たい。

音琴の心は重かった。もうこれきり、と思うと涙《なみだ》がこぼれそうになった。

「本当に……やはり行ってしまわれるのですか。いつまでもいっしょに、大和《やまと》にとどまっていただきたかったのに……」

「もうこの国でわたしがなすべきことは終わりました。天皇《すめらみこと》さまも、すっかりご快復なさいましたし、皇女《ひめみこ》さまは無事、皇太子《こうたいし》となられました」

緋皇女《あけのひめみこ》の立太子の儀《ぎ》は十日前、華々《はなばな》しくとり行われた。美しく着飾《きかざ》った大勢の采女《うねめ》、舎人《とねり》の行列を従《したが》えて大極殿《だいごくでん》に入場した皇女は、居並《いなら》ぶ朝臣《あそん》たちの列の間を進んだ。父天皇《すめらみこと》から皇太子《こうたいし》として冊立《さくりつ》されるという宣旨《せんじ》を受け、皇太子の冠《かんむり》を授《さず》けられると、だれともなく朝臣の中から、

「万歳《ばんざい》！」

「皇太子殿下《でんか》、万歳！」

の声がわきあがった。

黄金の冠をいただいた皇女は、輝《かがや》くように美しかった。その上、献上《けんじょう》された貴族《きぞく》たちからの祝い金を、治水事業、道路整備、そして庶民《しょみん》のための施薬院《せやくいん》建設に使うと宣言《せんげん》した。民《たみ》は大喜びで、祝いの行列が都大路をねり歩き、早くも賢帝《けんてい》の呼《よ》び声《ごえ》も高い。

数々の祝いごとが続いた。美しい舞姫《まいひめ》たちが裳《も》をひるがえして、花のように舞《ま》った。祝いの法要も行われた。寺々は五色の幡《はた》に彩《いろど》られ、伽藍《がらん》に鎮座《ちんざ》まします盧舎那仏《るしゃなぶつ》が黄金色《こがねいろ》に輝いた。音楽のように読経《どきょう》の声が響《ひび》き、屋根の上から花びらのような形をした紙をまく散《さん》華《げ》が行われると、人々は「わあっ」と歓声《かんせい》をあげ、争ってそれを求め、あらためて仏陀《ぶっだ》の

功徳《くどく》を喜んだ。宮廷《きゅうてい》に招かれた芸人たちの滑稽《こっけい》な歌や演奏《えんそう》、華《はな》やかな大宮人《おおみやびと》の祝宴《しゅくえん》は七日間にもおよんだ。

その祝賀行事のさなか、ヴァジュラと羽鳥が辞去を告げたのだった。

音琴も雄冬王《おふゆおう》も懸命《けんめい》に引きとめた。

雄冬王とヴァジュラは、その後親しい友人となっていた。天皇《すめらみこと》の看病《かんびょう》をしているヴァジュラの手があくと、雄冬王は彼《かれ》から外国のさまざまなことを教わった。外国の制度の良さや弱点、ヴァジュラの知識に果てはないようだった。

夕方になると、よくふたりは静かに酒を酌《く》み交《か》わした。羽鳥もまた、その野放図ともいえる爛漫《らんまん》さで、皇女《ひめみこ》と音琴のお気に入りだった。

しかし、音琴たちの説得にもかかわらず、決意は堅《かた》かった。

「羽鳥さんは故郷《こきょう》の島に帰るのですか?」

「いや、俺《おれ》はお師匠《ししょう》さんと行く」

音琴は、目に涙《なみだ》をためたまま、ヴァジュラを見た。

「どうして……？　お帰りになると言っても、お国はもう、とうにないのに？」

ヴァジュラは微笑《ほほえ》んで、答えた。

「いいえ、わたしの国は存在《そんざい》します。この『ルタ』があれば、わたしはいつでも、どこの世界からも、そこへもどることができるのです」


音琴は初めてヴァジュラを理解した。

——ああ、この方は、はるかな過去から、滅《ほろ》びる前の祖国からやってきた人なのだ。そしてふたたび、そこへ……。

「もう、二度とお目にかかれないのですね。わたしは世界のどこを探《さが》しても、貴方方《あなたがた》を見つけることはできない……」

ヴァジュラは頭をふった。

「いいえ、わたしたちはお別れするのではありません。そして、わたしたちは初めて会ったのではないし、またいつかお会いするかもしれない」

「……？」

ヴァジュラの不可解な言葉に、音琴がとまどっているのを見て、ヴァジュラは『ルタ』

を取り出し、音琴に持たせた。

剣《つるぎ》は、思いのほかずっしりと重く、間近で見る青黒い刀身は、不変の果てしない夜空のようだった。そして太陽のように輝《かがや》く黄金の柄《つか》には、とりどりの宝玉《ほうぎょく》が花に似てきらめき、柄頭《つかがしら》の金剛石《こんごうせき》は七色の光を放っている。世にもめずらしく、美しい剣……。

——金剛石、そういえばこの石はヴァジュラさまの魂《たましい》だと、いつか聞いた。

「そうです。昔、この柄を作らせたのはわたし、ヴァジュラなのです。この剣の守りにと、少しわたしの魂を分けてこめているのです。だから、どこにいても、わたしには『ルタ』のありかを感じることができるのです。刀身の方はというと、さて、いつからあったものか、どこからもたらされたものか、見当もつかないほどに古いのですよ」

音琴は魅入《みい》られたように、ヴァジュラの青い瞳《ひとみ》を見つめ、『ルタ』を見つめた。するとつぜん、自分がいつか遠い昔この剣を見たことがある、と思った。形にならぬさまざまな記憶《きおく》が脳裏《のうり》に浮《う》かび上《あ》がりかけた。もしかしたら、自分もまた『ルタ』の世界にいたのかもしれない、と思った。もしもこのままふたりと行けば、わたしも……。

――でも、いいえ。音琴は目を上げて海を見た。そうしてヴァジュラを見て、言った。

「わたし……ずっとおふたりといたかったのです。今だって、このままおふたりと行きたいと、心のどこかで思っているのです。おふたりはわたしにとって、かけがえのないお方です。……でも、わたしには今、ここでやらなければならないことがあります」

「貴女《あなた》には雄冬王さんがいる」

ヴァジュラは少しさびしそうに微笑《ほほえ》んだ。

「はい。あの方は、皇女《ひめみこ》さまの御世《みよ》をお支えするために、力を尽《つ》くすおつもりです。わたしも雄冬王の妻として、夫と皇女さまを助けていきます。……わたしにできるかどうか、分からないけど……」

おしまいの方は、やっぱり音琴らしく、ちょっと弱気になった。

「大丈夫《だいじょうぶ》だって。元気出しなよ。泣き虫だけど、お姉さんだったらきっとできるさ」

羽鳥が音琴の両手をにぎって言った。

「ありがとう、羽鳥さん」

音琴は笑って涙《なみだ》を払《はら》った。それから大きく息を吸《す》った。

「ヴァジュラさま、羽鳥さん。お礼を申します。わたしはおふたりのおかげで自分の心を、言の葉を取りもどすことができました。わたしはもう、迷うことはありません。わたしは雄冬王さまを愛し、ともに生きてまいります」

ヴァジュラは音琴の言葉にうなずき、前にひざまずくと、拝礼《はいれい》して言った。

「尊《とうと》い姫《ひめ》よ。貴女《あなた》の上に千の歌、万の言の葉がしげり、大樹《たいじゅ》となりますように」

そうして立ち上がると、音琴の手を取り、その目をまっすぐに見て、

「またいつか、どこかの世で、貴女とふたたびお目にかかれますように」

音琴もまた、そう思った。——いつか、きっと……。

その時、ヴァジュラは音琴の肩越《かたご》しに、丘《おか》の上を見上げて微笑《ほほえ》んだ。

「ほら、貴女の野守《のもり》（野の番人）があそこからこっちを睨《にら》んでいますよ」

えっ？　とふり返ると、駒《こま》に乗った雄冬王が来ている。宴会《えんかい》をぬけ出して、音琴を迎《むか》えに来たのだろう。

「あかねさす　紫野《むらさきの》行《ゆ》き　標野《しめの》行《ゆ》き

野守《のもり》は見ずや　君が袖振《そでふ》る」

額田王《ぬかたのおおきみ》

（紫草《むらさき》の生うる標野を行けば、野の番人はいぶかしく見るでしょうね。貴方《あなた》がそんなに大きく袖をふって、わたしに合図しているのを）

「紫草《むらさき》のにほへる妹《いも》を
憎《にく》くあらば　人妻ゆゑに
我恋《あれこ》ひめやも」

大海人皇子《おおあまのみこ》

（紫草が匂《にお》うように美しい、愛する人。たとえ貴女《あなた》が人妻だとしても、わたしは恋することを止《や》めたりはしない）

ヴァジュラは古《いにしえ》の有名な恋唄《こいうた》、相聞歌《そうもんか》で、音琴をからかったのである。

「雄冬王さま！」

音琴は、笑ってそちらに領巾《ひれ》をふった。雄冬王も馬上から三人に、大きく手をふり返した。

「あいにくと雄冬王さまは野守《のもり》ではないようです。それに、睨《にら》んでいるのではありません。聞いたところによると、あの方は少しお目が近いのです。だから遠くを見る時には目をすがめてしまうので、よく人からも、怒《おこ》っているのか？　とたずねられるそうです」

「本当に？　彼《かれ》はそれで貴女《あなた》に嫌《きら》われていたんですね。なんと、まあ」

「そいつは気の毒だなあ！」

三人は声をそろえて笑った。秋の風がすすきの穂《ほ》をゆすって吹《ふ》きすぎていった。

「さあ、もうお行きなさい。ここでお別れしましょう。でも、忘《わす》れないでください。わたしたちはどこにいても貴女の幸せを祈《いの》っています」

「わたしも、です」

「魂契《たまちぎ》る
　友にしあれば　別れても

いづくの世にか　三度《みたび》会ひ見む」
（わたしたちは魂《たましい》で結ばれた友なのです。ここでお別れしても、いつか、どこの世界かでわたしたちはまた、出会うことでしょう）

音琴は手を合わせて、ふたりに深く頭を下げ、そして背《せ》を向け、丘《おか》を登っていった。途《と》中《ちゅう》一度だけふり返ると、すすき野原と青い海の間にふたりの黄衣《こうい》が小さく見えた。音琴はふたりに向かって大きく領巾《ひれ》をふった。それからはもう二度とふり向かず、音琴は雄冬王のもとへと駆《か》けあがっていった。雄冬王が駒《こま》の上から手をさし出した。

音琴の心は喜びでいっぱいになった。

船は唐土《とうど》に向け、南シナ海を順調に航海していた。

大きな外洋船にはさまざまな乗客が乗っている。役人や、商人、唐土に帰る唐人も多い。その中に、一風変わった黄衣をまとった異国《いこく》の僧《そう》がふたり、まじっていた。

晴れた日で、波もおだやか。年下の少年僧がのんびりと甲板の垣立《かきたつ》から足を出してもたれかかり、足をぶらぶらさせながら海をながめている。

年かさの方がそちらに近づいて、声をかけた。年下の方が答えて、

「お師匠《ししょう》さん。今日はすごい良い日和《ひより》だ。ほら、海と空の境目が分からないくらいだ」

年かさの方はふっと笑って、横に腰《こし》を下ろした。

「……ガルダよ、わたしはまた、ヴィーナ（琴）に会ってしまったよ」

「……で、また、失恋《しつれん》した？」

相手は苦笑いをして視線《しせん》を海に移した。

「まあ、そういうところだな」

ガルダと呼《よ》ばれた少年はふり向くと、舷《ふなばた》に両ひじをかけ、いかにも生意気そうににったりと笑い、

「それって、もう、運命ってヤツじゃやね？　ヴァジュラ王さま」

ヴァジュラは、ふん、と鼻先であしらい、衣《ころも》の下からつつみを取り出した。

「……運命か、さてと……」

他の乗客にはそれは何かキラキラしたものに見えた。ある者は、あれはただの海の反射《はんしゃ》だった、と言った。

僧《そう》はその何かをささげ持って立ち上がった。

「ともあれ、剣《つるぎ》というものはもともとが争いを好むもの。鞘《さや》に納《おさ》めて鎮《しず》めねばならぬ」

羽鳥・ガルダもうなずいて、腰《こし》を上げた。

ふたりは青く輝《かがや》く海を背景《はいけい》に、向かい合って立っていた。

「さあ、わたしたちはこの剣を、コーシャ（鞘）に返しに行こう。故国に、帰るのだ」

そう言うと、僧はその光る物を静かになで、口の中で何やらつぶやいた。と、見る間に僧侶《そうりょ》ふたりの姿《すがた》は透《す》きとおりはじめ、ついには完全に透明《とうめい》になり、消えてしまった。

それを見ていた乗客たちは、夢でも見たか、あるいはふたりが海に落ちたか、と大騒《おおさわ》ぎした。船人たちが何人も、海に飛びこんで探《さが》したが、見つからなかった。

ふたりがどこから来てどこへ去ったのか、だれも知らない。

不思議な話である。

みなと菫（みなとすみれ）

1994年東京都生まれ。文化学院文芸コース卒業。第56回講談社児童文学新人賞佳作の『夜露姫』にてデビュー。他の作品に『龍にたずねよ』がある。

この作品は書き下ろしです。

白《しろ》き花《はな》の姫王《おおきみ》　ヴァジュラの剣《つるぎ》

2020年9月15日　第1刷発行

著者――――――みなと菫《すみれ》
発行者――――――渡瀬昌彦
発行所――――――株式会社講談社
〒112-8001
東京都文京区音羽2-12-21
電話　編集　03-5395-3535
　　　販売　03-5395-3625
　　　業務　03-5395-3615
印刷所――――――株式会社精興社
製本所――――――株式会社若林製本工場
本文データ制作――講談社デジタル製作

N.D.C. 913　254p　19cm　ISBN978-4-06-520704-8